수학탐정단과
메타버스 실종사건

수학탐정단과 메타버스 실종사건

청소년 수학소설 십대들의 힐링캠프, 중학수학(1학년 1학기)

[십대들의 힐링캠프®] 시리즈 NO.40

지은이 | 박기복
발행인 | 김경아

2022년 1월 4일 1판 1쇄 인쇄
2022년 1월 11일 1판 1쇄 발행

이 책을 만든 사람들
책임 기획 | 김경아
기획 | 김효정
북 디자인 | KHJ북디자인
표지 삽화 | 발라
교정 교열 | 좋은글
경영 지원 | 홍종남

이 책을 함께 만든 사람들
종이 | 제이피씨 정동수·정충엽
제작 및 인쇄 | 천일문화사 유재상

청소년 기획위원
정가인, 양태훈, 양재욱

출간 전 베타테스터
김서진(천안 불무중학교 2학년)

펴낸곳 | 행복한나무
출판등록 | 2007년 3월 7일. 제 2007-5호
주소 | 경기도 남양주시 도농로 34, 301동 301호(다산동, 플루리움)
전화 | 02) 322-3856 팩스 | 02) 322-3857
홈페이지 | www.ihappytree.com
도서 문의(출판사 e-mail) | e21chope@daum.net
내용 문의(지은이 e-mail) | yesreading@gmail.com
※ 이 책을 읽다가 궁금한 점이 있을 때는 지은이 e-mail을 이용해 주세요.

ⓒ 박기복, 2022
ISBN 979-11-88758-41-8
"행복한나무" 도서번호 : 142

설정 해설

이 소설은 현실 세계가 아니라 메타버스 세계를 배경으로 펼쳐진다.
메타버스(*metaverse*)는 '더 높은', '초월한'을 뜻하는 메타(*Meta*)
와 '우주', '경험 세계'를 뜻하는 유니버스(*Universe*)가 더해진
말로, 가상과 현실이 뒤섞인 디지털 세계, 새로운 세계를 뜻
한다. 메타버스를 한마디로 정의하면 '아바타(*Avatar*)'로
사는 세상이다.

아바타(*Avatar*)는 원래 힌두교에서 지상에 내려온 신의 분신을 뜻하
는 용어다. 인터넷에서는 본인이 아닌 분신을 지칭하는 용어로 쓴다. 넓
게 보면 인터넷에서 사용하는 별칭, *SNS* 등에서 자신을 나타내는 데 쓰
는 사진, 게임에서 사용하는 캐릭터 등도 모두 아바타다.

소설 속 아바타는 현실 인간과 신경연결망을 통해 이어진다. 신경연결망은 아바타를 조종하는 현실 사람과 메타버스에서 움직이는 아바타를 연결하는 전자장치다. 아바타가 느끼는 감각을 실제 현실에서도 그대로 느끼게 하며, 현실 사람이 표현하는 감정과 동작을 아바타에 그대로 전한다. 감각이 결합하는 정도는 사용자가 자유롭게 설정할 수 있다.

아바타는 현실에 사는 사람과 마찬가지로 일정한 힘을 계속 충전해야 한다. 아바타를 유지해 주는 힘을 지칭하는 용어가 '알짜힘'이다. 알짜힘이 사라지면 메타버스에 사는 아바타가 소멸하고, 아바타가 찬 아이템팔찌에 보관된 아이템도 같이 소멸한다. 별도의 개인보관함에 둔 아이템은 사라지지 않는다. 다시 로그인을 하면 메타버스에 같은 아바타로 접속이 가능하며, 개인보관함에 있는 아이템으로 꾸미기가 가능하다. 아바타가 소멸되지 않게 하려면 줄어든 알짜힘을 회복하게 해 주는 생체물약을 복용해야 한다.

차례

등장인물 소개

수학탐정단   연산균, 고난도, 황금비, 미지수지, 나우스가 단원이며, 연산균이 짱이다. 메타버스 안에서 벌어지는 수상한 음모를 수학으로 파헤친다.

고난도   희귀한 아이템을 즐겨 모으는 수집광이다. 관찰력이 매우 뛰어나고, 한정판이 걸리면 능력치가 한없이 올라가 평소에 못 했던 일들도 손쉽게 해낸다.

황금비   한때 전투행성에서 유명했던 최강 전사다. 특별한 사건을 겪은 뒤 잠시 청소년 구역에서 평범하게 지내는 중이다. 사건이 터지자 최강 전사로서 실력을 서서히 발휘한다.

연산균   수학탐정단을 이끄는 모둠장이다. 모자를 좋아해서 다양한 모자를 수집하고, 늘 모자를 쓰고 다닌다. 마음씨는 착하지만 소심하고 눈치를 많이 본다.

미지수지   모델처럼 외모를 독특하게 꾸미길 좋아한다. 남들 눈치를 보지
않고 자기 색깔을 고집하며 손에는 늘 거울을 들고 다닌다.

나우스   새로운 아이템으로 아바타 외모를 끊임없이 바꿔 나가는 걸
좋아한다. 실력을 제대로 선보인 적은 없지만 대단한 실력자로
평가받는다.

비례요정   연산균 일행과 사사건건 부딪치는 정체를 모를
여성 아바타다. 팔다리가 길고 키가 큰 팔등신 몸매인데, 립스
틱으로 입술 모양을 그린 마스크를 늘 쓰고 다닌다.

너클리드   비례요정과 함께 나타나는 수상한 남성
아바타다. 몸이 작고 통통하며 늘 복면을
쓰고 두 눈만 내놓고 다닌다.

피타고X   비밀조직을 이끄는 두목을 지칭하는 암호명이다. 실제로 누구
인지 아무도 모르며 강력한 비밀 무기를 이용해 거대한 음모
를 꾸미고 있다.

제곱복근   흰색 반소매 상의에 검은색 반바지만 입고 다니는 아바타다.
겉모습을 전혀 꾸미지 않고 다니며, 정체도 능력도 미지수다.

01. 메타버스의 침입자

: 소인수분해 :

다급한 외침에 밖에서 노닥거리던 연산균이 '수학탐정단' 간판이 달린 두레채[1]로 달려 들어갔다. 그 와중에도 연산균은 모자를 보기 좋게 쓰는 걸 잊지 않았다.

연산균   무슨 일이야?

---

1 두레 관련 용어 정리.
   ● 두레 : 메타버스에서 여러 사람이 모여 만든 소모임
   ● 두레채 : 두레가 모이는 장소
   ● 두레짱 : 두레를 이끄는 모둠장
   ● 두레꾼 : 두레 모임에 소속된 구성원

외모를 독특하게 꾸민 미지수지가 바닥에 쓰러져 있었다.

연산균   왜 그래?

미지수지가 입을 움직였지만, 소리가 들리지 않았다. 연산균은 혹시 대화 설정을 엉뚱하게 했는지 확인했지만, 대화는 정상으로 설정한 상태였다.

연산균   말을 해? 왜 말을 안 해?

미지수지는 어떻게든 소리를 전하려고 애썼지만, 소리는 미지수지를 감싼 은은한 보랏빛에 막혀 밖으로 나가지 못했다. 보랏빛은 점점 강해지며 미지수지를 강하게 옥죄었다. 연산균이 미지수지에게 다가가려 애썼지만, 보랏빛에 막혀 더는 다가갈 수도 없었다. 미지수지는 손에 든 거울을 간신히 움직여서 계단을 가리켰다. 계단 쪽에서 수상한 움직임은 보이지 않았다. 연산균은 미지수지를 곁눈질로 살피며 계단으로 조심스럽게 다가갔다. 계단 주변에는 두레꾼들이 꾸며 놓은 장식품이 멋들어지게 놓여 있었다. 연산균이 마련한 장식품이 그중에서 가장 빛났다. 연산균은 그 다급한 순간에도 자신이 최근에 가져다 놓은 장식품을 내려다보며 자부심이 넘치는 웃음을 지었다.

나우스   누구야? … 아얏!

그때 2층에서 나우스가 고함을 질렀다. 그와 동시에 '쾅!' 하는 충돌음이 강하게 울렸다. 연산균이 흠칫 놀라며 계단 위를 쳐다보는데, 보랏빛 옷을 입은 아바타가 눈뭉치처럼 굴러서 계단 아래로 떨어졌다. 연산균이 놀라서 몸을 피했는데 하필이면 자신이 자랑스럽게 여기는 장식품과 부딪히고 말았다. 보랏빛 아바타는 바닥에 쓰러진 채 잠시 그대로 있었다. 워낙 강한 충돌이라 아바타 움직임에도 영향을 끼친 탓이었다. 나우스가 2층 입구에 나타났다. 나우스 얼굴은 붉은빛이 돌았는데 보랏빛 아바타와 강하게 부딪힌 영향이었다. 나우스는 이마를 매만지며 소리를 질렀다.

나우스   두레짱님! 그자를 빨리 잡아요!

나우스가 다그쳤지만, 연산균은 자신이 아끼던 장식품에 흠이 생기지 않았는지 살피느라 보랏빛 아바타에게 신경 쓸 여력이 없었다. 연산균이 엉뚱한 데 정신을 파는 사이에 보랏빛 아바타는 몸을 가누며 일어나더니 창문을 깨고 두레채 밖으로 탈출했다.

나우스   두레짱님, 뭐 하세요? 빨리 쫓아가야지!

나우스가 계단 위에서 고래고래 소리를 질렀지만, 연산균은 깨진 유리창을 바라보기만 할 뿐 그 자리에 가만히 서서 어찌할 바를 몰랐다. 보랏빛 아바타는 빠르게 두레채에서 멀어졌다. 움직임이 예사롭지 않았다. 한두 번 도둑질을 해 본 솜씨가 아니었다. 보랏빛 아바타는 두레채 영역을 거의 벗어나자 혹시 누가 자신을 쫓아오는지 보려고 시선을 뒤로 돌렸다. 예상과 달리 아무도 자신을 쫓아오지 않자 안심하며 내달렸는데 갑자기 나타난 구덩이에 빠졌다. 워낙 빠르게 달리다 구덩이에 빠져서 충격이 상당했다.

보랏빛 아바타　　이게 뭐야? 도대체 누가 땅을 이렇게….

계단 위에서 충격을 받은 데 이어 또다시 예상치 못한 충격을 받았기에 보랏빛 아바타는 잠시 동안 구덩이를 벗어나지 못했다. 더 지체하다가는 붙잡힐 수 있기에 보랏빛 아바타는 억지로 힘을 쥐어짜서 구덩이 밖으로 기어나왔다.

고난도　　어, 누구세요? 왜 구덩이에서 나와요?

조금 떨어진 웅덩이 안에서 땅을 파던 고난도가 웅덩이 밖으로 고개를 쑥 내밀었다. 보랏빛 아바타는 하는 수 없이 생체물약을 꺼냈다. 빠르게 도망치기 위해서는 알짜힘을 서둘러 회복해야만 했다.

나우스   그자를 잡아야 해! 우리 탐정단에 무단 침입했어!

나우스가 깨진 유리창을 넘으며 고함을 쳤다. 고난도는 구덩이 위로 뛰어 올랐다. 움직임이 가볍고 신속했다. 고난도 손에는 황금빛으로 번쩍이는 삽이 들려 있었다. 고난도는 삽으로 도둑을 가로막았다. 보라색 가면을 뒤집어쓴 도둑이 전투태세를 취했다.

도둑 아바타 비켜라!
고난도   싫은데.

도둑은 아이템팔찌에서 무기함을 열더니 긴 칼을 꺼내 들었다.

고난도   어, 여기서도 무기를 꺼낼 수 있었나?

도둑은 칼을 휘두르며 고난도를 공격했다. 고난도는 손에 든 삽을 휘둘러 공격을 간단하게 막아 냈다. 유리창을 넘은 연산균과 나우스가 달려왔다. 도둑은 더 매섭게 칼을 휘둘렀지만 아무런 효과도 없었다.

고난도   이건 한정판 황금삽이라 그 정도 칼로는 어림도 없어.

공격은 도둑이 했지만 도리어 점점 궁지에 몰렸다. 연산균과 나우스까지 합세하면 붙잡히는 건 시간문제였다. 도둑은 칼을 집어넣더니 몸을 빙그르르 돌리며 한쪽 무릎을 꿇고 왼손을 뒤로 쭉 뻗었다. 손에는 보랏 빛 구슬이 들려 있었다.

　　고난도　그깟 구슬로 뭘 하려고….

　　고난도 말이 채 끝나기도 전에 도둑이 몸을 숙이며 보랏빛 구슬을 고 난도를 겨냥해 던졌다. 구슬이 무엇인지는 모르지만, 불길하다고 판단한 고난도는 몸을 굴려 구슬을 피했다. 구슬은 고난도를 지나 달려오던 연 산균과 나우스 앞에서 터졌다. 강렬한 보랏빛이 퍼지더니 두 손으로 젖 은 휴지를 쥐어짜듯 연산균과 나우스를 옥죄었다. 둘은 보랏빛에 갇혀 꿈쩍도 못 했고, 뭐라고 소리를 질러 댔지만 전혀 들리지 않았다. 보랏빛 이 미지수지를 휘감았을 때 나타났던 현상과 동일했다.

　　고난도가 보랏빛에 갇힌 둘을 어떻게 해 보려고 하는 사이에 도둑은 재빨리 도망쳤다. 나우스는 마지막 남은 힘을 쥐어짜 도망치는 도둑을 손가락으로 가리켰다. 고난도는 그 뜻을 알아듣고 재빨리 도둑을 추적했 다. 고난도는 삽을 집어넣고 아이템팔찌 보관함을 열었다.

　　고난도　　한정판이라 아깝기는 하지만 어쩔 수 없네.

　　고난도는 황금 사냥돌을 꺼냈다. 황금빛으로 빛나는 줄 끝에 꽤 큰 옥구슬이 달린 사냥도구였다. 사냥터에서 짐승을 사로잡을 때 쓰는 사냥도구인데 빙글빙글 돌리다 목표물을 향해 던지면 두 발을 휘감아서 꼼짝도 못 하게 만든다. 전투무기가 아니라 동물을 잡는 사냥도구이기에 청소년 전용구역에서도 사용할 수 있었다. 고난도는 힘을 최대치로 올린 뒤에 빠르게 사냥돌을 돌려서 도망치는 도둑을 겨냥해 던졌다. 황금빛이 바람보다 빠르게 목표물을 향해 날아갔고, 한정판답게 겨냥한 두 발을 정확하게 얽어맸다.

고난도   아싸, 성공! 역시 한정판 황금 사냥돌이야!

고난도는 쾌재를 부르며 쓰러진 도둑에게 다가갔다. 사로잡은 짐승을 묶을 때 쓰는 밧줄을 꺼낸 고난도는 매듭을 지어 도둑을 묶었다. 팔 사이로 끈을 넣어 더 단단하게 묶으려는데 굉음과 함께 갑자기 하늘에서 비행접시가 나타났다. 비행접시에서 길쭉한 작살이 나오더니 고난도를 겨냥했다.

고난도   뭐야? 저건? 전투행성에서나 사용 가능한 비행접시가 왜 여기에….

말도 안 되는 상황이었지만 생각하고 말고 할 틈이 없었다. 고난도는 재빨리 보관함에서 두꺼운 쇠뚜껑을 꺼냈다. 고난도가 아끼는 한정판 가운데 하나로, 얼마 전에 폐업한 골동품점에서 마지막으로 판 물건이었다. 쇠뚜껑은 워낙 강한 성질을 지녀서 웬만한 공격은 다 막아 낼 만큼 단단했다.

비행접시에서 작살이 발사되었다. 고난도는 쇠뚜껑을 방패처럼 들었다. 작살이 번개처럼 쇠뚜껑을 강타했다. 작살은 쇠뚜껑을 반쯤 뚫었고, 고난도는 큰 충격을 받고 낙엽처럼 뒤로 튕겨 나갔다. 쇠뚜껑 덕분에 작살에 맞지는 않았지만 손바닥으로 충격파가 고스란히 전해질 만큼 충격이 강했다. 고난도가 쓰러진 사이에 비행접시에서 긴 갈고리가 나오더니 바닥에 쓰러진 도둑을 움켜잡아서 비행접시로 빨아들였다. 비행접시는 원을 그리며 제자리서 두세 바퀴 맴돌다가 점점 멀어졌다.

고난도는 비행접시가 움직이는 것을 보고는 아이템팔찌를 열었다. 아이템팔찌에서 동그랗게 생긴 레이더 추적장치가 뜨더니 작은 점이 삐익, 삐익 소리를 내며 번쩍거렸다.

황금비　　이게 도대체 어떻게 된 일이야?

같은 수학탐정단에 속한 황금비가 긴 머리를 질끈 묶은 채 뒤늦게 나타났다. 고난도는 대답하지 않고 손가락으로 레이더를 가리켰다. 황금비는 레이더 안에서 번쩍이는 점을 확인했다.

황금비　　이건 레이더잖아. 그런데 저 점은 뭐야?

고난도	방금 우리 두레채에 도둑이 들었어. 내가 사냥돌로 잡았는데 비행접시가 나타나서 작살로 나를 공격하고는 도둑을 데려갔어.
황금비	비행접시가 여기에? 말도 안 돼! 비행접시는 전투행성을 벗어나지 못해.
고난도	나도 믿기지 않아. 허공에서 갑자기 나타났다가 사라져 버렸어. 여기는 청소년 전용구역이라 무기 소지도 금지인데 아무렇지 않게 칼을 꺼내서 나를 공격하기도 했고.
황금비	안 그래도 *SNS*에 이상한 경험담이 가끔 올라와서 혹시나 했는데…. 메타버스에 어떤 문제라도 생긴 걸까?
고난도	그건 모르지만….

그때 삐익 거리는 소리가 사라졌고 레이더에서 번쩍이던 점도 없어졌다. 비행접시가 레이더 추적 거리를 벗어난 것이다.

황금비	이런 레이더는 왜 갖고 다니는 거야? 너는 전투행성에는 가본 적도 없잖아?
고난도	사냥터에서 사냥감을 추적할 때 쓰는 레이더야.
황금비	그나저나 두레짱과 나우스는 어떻게 된 거야?
고난도	나도 모르겠어. 그 도둑이 보라색 구슬을 던졌는데 폭탄처럼 터지더니 저렇게 돼 버렸어.

연산균과 나우스는 움직임이 완전히 멈춰서 인형과 다름없었다. 황금비가 연산균과 나우스 상태를 살피더니 심각해졌다.

황금비   아바타 알짜힘이 점점 약해지고 있어. 계속 가다가는 아바타가 소멸할 거야.

고난도   소멸하면 안 되잖아?

황금비   몸에 지닌 개인 아이템은 다 사라지겠지. 둘 다 아이템팔찌에 온갖 아이템을 다 지니고 다니니 손해가 막심할 거야. 아바타와 아이템을 지키려면 빨리 저 보랏빛 사슬을 풀어야 해.

고난도   예전에 전투행성에서 자주 놀았다고 했잖아. 혹시 저런 거 본 적 없어?

황금비   비슷한 포획 무기는 있지만, 저것과 똑같은 무기는 전투행성에도 없어.

황금비는 아이템팔찌를 열고 전투함을 선택했다. 전투함에는 전투무기와 도구들이 꽤 많았다. 황금비는 무기 하나를 선택했다. 그러나 무기를 아무리 잡아당겨도 아이템팔찌 밖으로 나오지 않았다. 다른 무기를 선택해도 결과는 마찬가지였다.

황금비   혹시나 했는데 역시 안 되네. 아바타를 소멸시키거나 시설을 파괴하는 전투무기는 전투행성에서만 사용할 수 있어. 그건 메타버스에 걸린 초강력 알고리즘이라 절대 깰 수 없는 법칙이야. 알고리즘이 깨지지도 않았는데 어떻게 전투무기를 자유롭게 사용하는 건지 도무지 이해가 안 돼.

황금비는 붉은 입술을 깨물었다. 얼굴이 붉게 물들더니 긴 머리카락마저 붉은빛으로 변했다. 잠시 고민하던 황금비 머리 위로 의문부호가 떠올랐다.

황금비 설마!
고난도 설마라니? 뭐라도 알아냈어?
황금비 그럴 리는 없을 텐데….
고난도 도대체 왜 그래?
황금비 확인해 봐야겠어.

황금비는 항상 두르고 다니던 얇은 스카프를 풀더니 옷 속에 감추고 있던 까만색 목걸이를 꺼냈다. 목줄은 눈에 잘 띄지 않을 만큼 가늘었다. 목줄이 목 가운데서 만나 새끼줄처럼 꼬이며 아래로 손가락 두 마디쯤 늘어진 끝 지점에 화로처럼 생긴 장신구가 달려 있었다. 장신구 위에는 붉은빛이 일렁이며 진짜 불처럼 흔들렸다. 장신구에는 손잡이 모양으로 생긴 고리가 양쪽으로 달렸는데, 큰 고리에 작은 고리 세 개가 이어졌고, 고리 끝에는 쌀알 같은 구슬이 둥글게 뭉쳐 있었다. 구슬 뭉치 아래에 달린 보석은 칼날처럼 날카로웠다. 언뜻 보면 밋밋한 장신구지만 자세히 보면 장신구 전체에 눈으로 다 확인할 수 없을 만큼 세밀한 문양이 빼곡했다. 웬만한 기술로는 흉내도 내지 못할 정밀함이었다.

고난도   그 목걸이, 한정판이야?

고난도 눈이 두 배나 커졌다. 목걸이를 갖고 싶다는 욕심이 숨김없이 드러났다.

황금비   이 목걸이는 위험한 물건이야.

고난도   그러니까, 한정판이냐고? 어디서도 본 적이 없으니 당연히 한정판이겠지?

황금비   지금 그거 따질 때야?

고난도   언제 어디서나 한정판은 중요해.

황금비는 고개를 절레절레 흔들더니 장신구에 손가락을 댔다. 불꽃처럼 일렁이던 빛이 한 데로 모이더니 연산균과 나우스를 붙잡고 있는 보랏빛 사슬을 향해 뿜어져 나갔다. 붉은빛을 받은 보랏빛 구슬은 작은 알갱이와 같은 형태로 변했다. 마치 작은 유리조각이 빛을 받아 반짝이는 듯했다.

고난도	저게 뭐야?
황금비	초강력 마법이야.
고난도	마법도 전투행성에서만 가능하잖아.
황금비	내가 전투행성에서 한창 활동할 때 말도 안 되게 막강한 힘을 발휘하는 수상한 자를 만났어. 그 어떤 강력한 무기도 다 막아 내고, 그 어떤 방어체계도 무력화하고, 그 어떤 정보탐색도 봉쇄해 버렸어. 전투행성에서 활동하는 마법사 가운데 가끔 말도 안 되는 위력을 지닌 마법을 사용하는 이들이 있기는 하지만, 그것과는 차원이 달랐어. 아무리 강한 마법사도 최고 수준에 다다른 나를 이길 수는 없어. 내 상대는 내 수준에 이른 최강 전사들뿐이었어. 마법처럼 보였지만 딱 한 번 겨루자마자 곧바로 보통 마법이 아닌 걸 알았지. 그자가 아무렇지 않게 말도 안 되는 마법을 쓰기에 처음에는 메타버스 알고리즘에 어떤 문제라도 생긴 줄 알았는데, 감시AI가 전혀 움직이지 않은 걸 보고 알고리즘에는 이상이 없다는 걸 알았어. 아마 대다수 전투행성 이용자는 그런 능력자들이 존재하는지도 모를 거야. 나와 같은 최강 전사가 아니면 영문도 모르고 한 방에 당했을 테니까.
고난도	그럼 그 목걸이는?
황금비	그런 능력을 쓰는 자와 세 번 만났는데, 세 번째 전투에서 얻은 거야. 내가 가진 거의 모든 무기와 도구, 생체물약을 쏟아

붓고서 겨우 이겼어. 그때도 이 목걸이가 없었으면 아마 졌을 거야. 목걸이를 얻자 그자가 쓰는 마법이 보였는데, 그때도 지금과 똑같은 형태였어. 그들과 싸움에서 내가 지닌 모든 무기를 잃었는데, 오랜 세월 동안 쌓아 온 무기와 도구들을 다시 장만할 엄두가 나지 않더라고. 그래서 몇 번 들어가서 자잘한 무기만 얻고, 더는 전투행성에 가지 않게 된 거야. 물론 다시 하려고만 하면 그때 수준으로 돌아갈 수 있겠지만, 솔직히 조금 지쳤어.

고난도　그럼 저 사슬을 풀 방법은 아는 거야?

황금비　몰라. 그때는 그냥 모든 무기를 동원해서 정신없이 싸웠거든.

보랏빛을 띤 작은 알갱이들이 빠르게 회전하며 연산균과 나우스를 더욱 강하게 옥죄었다. 알짜힘 수치는 점점 떨어지고, 그에 반비례해서 보라색 알갱이 숫자는 갈수록 늘어났다.

고난도　알갱이 숫자가 늘 때마다 알짜힘이 줄어들어.

황금비　알짜힘을 빼앗아서 사슬이 강화되는 형태야. 어떻게든 저 사슬을 깨뜨릴 방법을 찾아야 하는데… 이건 내 능력 밖이야.

고난도　잠깐만, 이건….

고난도가 눈에 힘을 주고 보랏빛에 바짝 다가갔다. 작은 알갱이들이

빠르게 움직여서 알아보기 힘들었지만, 시력을 집중하자 형태가 선명해
졌다.

고난도	이건, 숫자야! 수많은 숫자! 빼앗긴 알짜힘이 숫자로 변화되고 있어.
황금비	숫자라고?
고난도	숫자들이 사슬을 이루면서 서로 얽혀 있어.
황금비	그게 보여?
고난도	한정판을 수집하려면 이런 능력은 길러 둬야 해.
황금비	강력한 마법을 만드는 정체가 숫자라니, 도대체 숫자를 이용해서 어떻게 이런 강력한 마법을 펼치는 거지?

황금비는 고난도가 아니라 자신에게 하는 말처럼 중얼거렸다. 머리 위
로 의문부호가 끊임없이 생겨났다가 사라졌다. 황금비는 종종걸음으로
주변을 서성거렸다. 고난도는 알갱이가 되어 움직이는 수많은 숫자를 주
의 깊게 관찰했다. 처음에는 무작위로 얽힌 듯했던 숫자에서 일정한 규
칙이 보였다. 모든 사슬이 그렇지는 않지만 몇 가지 얽힘 규칙은 분명했
다. 그런데도 사슬을 깨뜨릴 방법은 전혀 떠오르지 않았다.

고난도	2의 배수는 모두 다 연결되어 있어. 3의 배수도 자기들끼리 연결되어 있고, 4의 배수는 2의 배수니까 그냥 다 2의 배수

와 얽혀 있고, 6의 배수는 2의 배수 쪽에도 살짝 발을 걸쳤
고, 3의 배수 쪽에도 발을 걸쳤어. 5의 배수도 따로 얽혔는
데 가끔 2나 3의 배수와도 연결되고, 7의 배수는 7의 배수
끼리 얽혔고…. 알짜힘에서 빼앗은 숫자들도 같은 원리로 달
라붙네. 음… 숫자끼리 얽힘이 워낙 강해서 깨뜨릴 수 없단
말인데…, 어떻게 해야 분해될까?

고난도는 혼자 중얼거리며 해법을 찾기 위해 분주히 머리를 굴렸다.
머리 위에 별이 번쩍이며 돌아다녔다.

황금비	자, 잠깐만! 방금 뭐라고 했어?
고난도	2의 배수는 2의 배수끼리, 3의 배수는 3의 배수끼리 얽혀
	있어. 5의 배수도 마찬가지고….
황금비	혹시 7의 배수도 자기들끼리 얽혀 있어?
고난도	맞아.
황금비	그럼 11의 배수도 얽혀 있겠네?
고난도	그건 확인 안 해 봤는데, 잠시만….

고난도는 다시금 얽혀 돌아가는 보라색 숫자들에 주의를 집중했다.
숫자들은 점점 늘어났고, 얽힘은 더 강력해지는 중이었다.

고난도	11의 배수끼리도 얽혀 있어. 다른 숫자 배수와도 가끔씩 얽혀 돌아가기에 무시했는데 정확하게 11의 배수끼리 얽혀 있어.
황금비	2, 3, 5, 7, 11, 그다음은 13, 17, 19, … 이렇게 얽혀 있을 거야.
고난도	잠깐만… 어, 진짜 그러네. 어떻게 알았어?
황금비	소수야. 소수끼리 묶여 있는 거야. 1보다 큰 자연수 중에서 1과 자기 자신만 약수로 가진 수를 소수라고 해. 소수가 1과 자기 자신의 곱이라면, 그 나머지 수는 모두 소수의 곱으로 이루어져 있어. 그런 수를 합성수라고 해.[2]
고난도	물질이 원자로 이루어져 있고, 생명이 세포로 이루어져 있듯이 숫자는 소수로 이루어져 있다는 뜻이네.[3]
황금비	그렇지. 물질을 제대로 알려면 원자를 알아야 하고, 생명을 제대로 이해하려면 세포를 이해해야 해. 마찬가지로 수에 감춰진 특성을 제대로 알려면 소수부터 알아야겠지.
고난도	자… 잠깐만… 어쩌면 해결책이….

고난도는 골똘히 해결책에 집중했다. 황금비도 깊은 생각에 잠겼다. 그들 머리 위로 궁금증을 머금은 별빛이 빙글빙글 돌았다.

---

2 자연수 = 소수 + 합성수 +1
   소수는 1과 자기 자신의 곱으로만 이루어진 수. 합성수는 소수의 곱으로 이루어진 수.

3 소수(素數)에서 素(소)는 본바탕이란 뜻이다. 따라서 소수는 수를 이루는 근본 바탕인 수다.

고난도　　저걸 깨뜨리려면… 보라색 사슬을 분해하려면… 분해, 숫자,
　　　　　분해….

황금비　　맞아! 소인수분해!

황금비가 펄쩍 뛰어오르며 소리를 질렀다.

고난도　　소인수분해?

황금비　　그래! 소인수분해를 하면 돼. 그러면 숫자들은 소수로 모조
　　　　　리 분해될 거야. 모든 수가 소수로 분해되면….[4]

고난도　　숫자끼리 얽힌 사슬도 깨지지.

황금비　　바로 그거야.

갑자기 황금비 얼굴이 시무룩해졌다.

황금비　　그런데 저걸 어떻게 소인수분해를 해?

고난도　　그건 걱정하지 마. 나한테는 한정판이 있잖아.

고난도는 아이템팔찌를 누르더니 귀중품 보관함을 열었다. 그 안에는

4　소인수분해(素因數分解).
　　수를 소수의 곱 형태로 바꾸는 것.
　　예시) $12=2^2\times3$, $18=2\times3^2$, $25=5^2$

고난도가 귀하게 보관하는 한정판이 모여 있었다. 한정판도 귀한 정도에 따라 따로 분류했는데, 고난도가 연 귀중품 보관함은 2등급이었다. 2등급보다 귀한 한정판은 1등급에 보관했고, 더할 나위 없이 귀한 최상급 한정판은 아바타가 어떤 일을 겪더라도 다섯 개까지는 안전하게 보관된다는 특급 보관함에 넣어 두었다. 고난도가 특급 보관함에 넣어 둔 한정판이 무엇인지는 아무도 모른다. 고난도는 2등급 보관함을 열어서 카드 두 묶음을 꺼냈다.

황금비   그거, 무슨 카드야?

고난도   이 노랑카드는 대상이 무엇이든 기본 구성단위로 해체하는 카드야. 퍼즐을 맞추거나 블록으로 이것저것 만들 때 실수를 되돌리고 싶거나 완전히 해체하고 싶을 때 사용하는 카드야.

황금비   퍼즐이나 블록을 기본 구성단위로 되돌리거나 해체하는 원리와 숫자를 소수로 분해하는 원리가 같겠구나.

고난도   그래, 원리는 어차피 같으니까. 아마 통할 거야. 그리고 이 초록카드는 무엇이든지 빨아들이는 자석이야. 카드 표면에 수집하고 싶은 특성을 적으면 그 특성을 지닌 대상은 모조리 빨아들여.

황금비   그러면 소수를 적으면 소수를 다 빨아들이겠네. 그렇지만 소수는 무수히 많아. 모든 소수를 다 적을 수는 없어.

고난도   모든 소수를 다 빨아들일 필요는 없다고 봐. 여기 회전하는 숫자는 아직은 십만 단위를 넘지 않아. 그러니 100 이하의 소수만 적어도 웬만한 숫자는 모조리 빨아들일 거야. 숫자가 줄어들면 사슬도 그 힘이 약해질 테니 그때 구하면 돼.

황금비   그러네. 그나저나 너는 도대체 이런 카드를 어떻게 해서 가진 거야?

고난도   내가 괜히 땅을 파고 다니겠어.

고난도가 히죽히죽 웃었다.

황금비   삽질로 이런 카드를 얻었다고?

고난도   너도 열심히 땅을 파고 다녀 봐.

고난도 대답이 과연 사실인지 아닌지는 알 길이 없었다. 황금비는 더는 묻지 않았다. 일단 둘을 구하는 게 우선이었기 때문이다. 고난도와 황금비는 초록카드에 100 이하의 소수를 빠르게 적었다. 2, 3, 5, 7, 11, 13, 17, 19까지는 일사천리로 적었다. 그러나 그 뒤부터는 소수인지 아닌지 헷갈려서 판단하기 어려웠다.

고난도   아무래도 다른 방법을 써야겠어.

고난도는 아이템팔찌를 열더니 그물망처럼 촘촘하게 짜인 '체'를 꺼냈다.

황금비   그게 뭐야?

고난도   보면 몰라. 체잖아.

황금비   그러니까 그걸로 뭘 하려고?

고난도   이 체를 이용하면 소수를 쉽게 가려낼 수 있어. 숫자를 쭉 늘어놓은 다음 숫자 2 카드를 체에 넣고 휘두르면 2의 배수가 모조리 사라져. 숫자 3 카드를 넣고 이 체를 휘두르면 3의 배수가 다 사라지지.[5]

황금비   그러면 이 체를 계속 휘둘러서 남은 숫자가 바로 소수겠네.

고난도   바로 그거야. 소수는 1과 자기 자신만 약수로 갖는 수이니 이 체를 휘둘러서 사라지지 않고 남는 게 바로 소수야.

황금비   넌 도대체 이런 건 또 어떻게 얻은 거야?

고난도   궁금하면 네가 가진 한정판을 내게 줘. 그럼 알려 줄게.

황금비   됐다, 됐어!

황금비는 체를 여러 번 휘둘렀고, 그럴 때마다 합성수는 사라지고 소

---

5   에라토스테네스의 체.
고대 그리스 수학자 에라토스테네스가 만들어 낸 소수 찾는 법. 체로 치는 것과 같은 방식으로 수를 걸러내기에 '에라토스테네스의 체'라고 부른다.

수만 남았다. 남은 숫자는 23, 29, 31, 37, 41, 43, 47, 53, 59, 61, 67, 71, 73, 79, 83, 89, 97이었다. 1에서 100 사이에 있는 소수는 모두 25개였다.

고난도   이제 내가 노랑카드로 소인수분해를 할게. 숫자들이 소인수분해가 되면 재빨리 초록카드를 던져. 저 숫자 사슬이 서로 끌어당기는 힘이 워낙 강해서 노랑카드는 그리 긴 시간 동안 힘을 발휘하지는 못할 거야. 그러니까 늦으면 안 돼.

황금비   그런 건 걱정하지 마. 내가 얼마 전까지 전투행성에서 알아주는 최강 전사였어.

고난도는 카드를 왼손에 들더니 황금비에게 눈짓을 했다. 황금비가 고개를 끄덕였다. 고난도는 왼손에 든 카드를 오른손으로 빼 들더니 연속해서 보랏빛 사슬을 향해 던졌다. 카드가 보라색 사슬에 닿자 카드 주변에 있던 숫자들이 뒤틀리며 형태가 변했다. 27은 3^3으로, 360은 $2^3 \times 3^2 \times 5$로, 882는 $2 \times 3^2 \times 7^2$으로, 125는 5^3으로, 77은 7×11로 소인수분해되었다. 카드를 던질 때마다 수많은 수들이 빠른 속도로 거듭제곱과 곱하기 형태로 분해되었다.

원자를 연구하자 물질이 그 본질을 명확히 드러내고, 세포를 찾아내자 생명이 그 원리를 드러내듯이, 수가 소수들의 곱셈이란 형태로 바뀌자 수에 감춰진 비밀 가운데 일부가 밝은 빛 아래에 드러났다. 소인수분해가 이루어지자 숫자 사슬은 눈에 띄게 약해졌다.

고난도   이제 던져!

고난도가 신호를 보내자마자 황금비가 손에 든 초록카드를 보라색 사슬 안으로 집어던졌다. 손놀림은 정확하고 빈틈이 없었으며, 속도는 번개처럼 빨랐다. 1부터 100 사이의 소수 25개가 적힌 카드가 들어가자 소수로 분해되었던 숫자들이 자석에 달라붙는 쇠붙이처럼 카드에 달라붙었다. 하수구로 물이 빨려 들어가듯이 맹렬한 회오리를 이루며 숫자들이 사라졌다. 여전히 보랏빛 사슬은 남아 있었지만, 그 강도는 소인수분해를 하기 전과는 견줄 수 없을 만큼 약해졌다.

황금비   지금이야. 끄집어내.

고난도는 보라색 사슬을 뚫고 연산균을 끌어당겼고, 황금비는 나우스를 밖으로 끌어냈다. 약해진 사슬은 툭 끊어졌고, 둘은 무사히 사슬 밖으로 벗어났다.

황금비   휴, 성공했다.
고난도   그러게. 다행이다.

둘을 빼내자 보라색 사슬은 점점 약해지더니 허공으로 사라져 버렸다. 상처를 잔뜩 입은 카드는 바닥으로 툭 떨어졌다.

황금비 그 카드, 앞으로 또 쓸지 모르니까 잘 보관해.
고난도 쩝. 한정판이었는데 이렇게 엉망이 되다니….

고난도는 소인수분해를 하느라 닳아 버린 카드를 보관함에 넣었다. 그러나 이번에는 귀중품 보관함이 아니고 일반 보관함이었다.

황금비 둘 다 기운이 없어. 알짜힘을 거의 다 빼앗겼어.

황금비는 보관함에서 생체물약을 꺼내더니 둘에게 먹였다. 물약이 들어가자 연산균과 나우스가 정신을 차렸다.

나우스 어떻게 된 거야?

황금비가 조금 전에 벌어진 상황을 상세히 설명했다.

연산균 고마워. 너희들 덕분에 아바타를 지켜 냈네.

연산균은 모자를 비롯한 아이템들을 어루만지며 진심으로 고마워했다.

나우스	자, 잠깐만, 혹시 미지수지는?
황금비	수지가 왜?
연산균	아, 맞아! 미지수지도 똑같이 당했는데….
황금비	그걸 왜 이제야 말하는데…. 지금 수지 어딨어?
연산균	두레채 안에….

황금비는 고난도 손을 잡더니 바람처럼 두레채로 달려갔다. 깨진 유리창을 홀쩍 뛰어넘어서 두레채 안을 살폈지만 미지수지가 보이지 않았다. 2층까지 뒤졌지만 어디에도 없었다. 두레채 바깥까지 샅샅이 수색해도 결과는 마찬가지였다.

연산균	분명히 여기에 쓰러져 있었는데….

연산균이 미지수지가 쓰러져 있던 자리를 가리켰다. 그곳에는 아무런 흔적이 없었다.

나우스	두레채 보관함이 통째로 털렸어. 아무것도 남아 있지 않아.
연산균	게임은? 몇 주 동안이나 고생해서 만든 게임은 어떻게 됐어?
나우스	'아무것도'라고 했잖아요. 두레짱님.
황금비	지금 그게 중요해? 수지가 사라졌다고. 수지가…. 이럴 리가 없는데. 알짜힘이 소멸하여 초기화되면 아이템만 잃고 다시

나타나야 하는데….

그때 고난도가 조금 떨어진 바닥에서 물건 하나를 찾아냈다.

고난도   이것 좀 봐.

고난도 손에는 반짝반짝 빛나는 작은 손거울이 들려 있었다. 황금비가 다급하게 다가와 손거울을 잡아챘다.

황금비   이건 수지 손거울이야.

나우스   손거울이라면…?

황금비   수지는 사라진 게 아니라 납치당한 거야. 수지 아바타가 그
                정체 모를 놈들에게….

나우스   말도 안 돼. 그건 있을 수 없어.

황금비   아니, 말이 돼. 전투행성에서는 얼마든지 벌어지는 일이야.

나우스   여기는 전투행성이 아니야. 청소년 전용 영역이라고.

황금비   이미 전투행성에서나 나타나는 비행선이 이곳까지 진출했어.

나우스   도대체 이게 어떻게 된 일이지?

황금비   확실한 점은 수지 아바타가 사라지지 않았다는 거야. 만약
                초기화되었다면 이 손거울도 사라졌어야 해.

나우스   손거울이 소멸하지 않았다는 것은 어딘지는 모르지만 수지

가 아직 메타버스 안에 있다는 뜻이고, 이 손거울을 애지중
지하는 수지 성격상 강제로 끌려갔다고밖에 해석할 수 없는
거네. 전투행성에서도 드물게 벌어지는 납치사건이 청소년
전용구역에서 버젓이 벌어지다니….

상상도 하지 못했던 괴이한 사건에 한동안 아무도 입을 열지 못했다.

02. 2인조 자동차 도둑

: 최대공약수와 최소공배수 :

황금비　답변은 왔어?

나우스　아무 문제가 없대.

황금비　말도 안 돼. 그럼 우리가 겪은 그 사건은 뭔데?

나우스　메타버스에서 그런 일은 벌어질 수가 없다면서, 그런 일이 있
　　　　다면 증거를 제시하래.

황금비　감시 AI가 잡아내지 못했다는 말인데…, 그때와 똑같아.

황금비와 고난도, 연산균과 나우스는 두레채 모둠방에 둥글게 앉아
서 대화를 나누고 있었다.

황금비	메타버스 *SNS*는 살펴봤어?
고난도	의심스러운 사례는 몇 가지 있는데, 명확하게 우리와 같은 사례는 없어.
황금비	의심스러운 사례는 뭐야?
고난도	장식품이 사라졌다거나, 회원이 어느 날부터 연락도 없이 안 나온다는 사례들이야.
황금비	수상하긴 하네. 어쩌면 관련이 있을지도 몰라. *SNS* 댓글로 어떻게 된 건지 확인을 해 봐.
고난도	이미 댓글로 물어봤어.

그때 발을 비비 꼬며 딴짓에 열중하던 연산균이 대화에 끼어들었다.

연산균	얘들아! 이거 그만하고 시장에 가면 안 될까? 이상한 녀석한테 당해서 내 모자가 왕창 사라져 버렸단 말이야. 너희들 내가 모자 없으면 못 사는 거 알지?
황금비	지금 모자 타령할 때야?
연산균	나한텐 중요해.
황금비	지금 수지가 납치당하고, 우리가 개발한 게임을 도난당했는데 모둠장이면서 어떻게 자기 모자 걱정만 해?
연산균	내 모자도 도난당했단 말이야.
황금비	그럼 찾을 생각을 해야지.

연산균	그때까지 모자 없이 지내라고?
황금비	없긴 왜 없어?
연산균	45개밖에 안 남았단 말이야.
황금비	내 참, 어이가 없어서.

황금비 얼굴이 붉게 달아올랐다. 머리카락도 날카롭게 곤두섰다.

나우스	금비야, 그러지 말고 모둠장 님 괴로움도 이해해 줘. 모자를 소중히 여기시잖아.
황금비	지금 그럴 때가 아니니까 그렇지.
연산균	나를 편들어 줘서 고마워,
고난도	그래, 지금 머리 싸맨다고 해결책이 나오는 것도 아니니 잠깐 시장에 들러서 머리를 식히는 것도 좋겠다. 새로운 한정판이 나왔는지 구경도 할 겸.
연산균	그래, 그래! 아주 좋은 생각이야.

고난도가 일어나자 연산균이 박수를 치며 따라서 일어났다. 나우스도 뜻을 같이하자 황금비는 마지못해 따라나섰다. 두레채 밖으로 나온 나우스는 두레채 앞에 설치된 '단축이동기'를 작동시켰다. 단축이동기는 메타버스에서 멀리 떨어진 곳으로 빠르게 이동하는 장치다. 단축이동기에 이동장소를 표시하자 아바타가 흰빛에 휩싸였고, 곧바로 시장 입구로

아바타가 이동했다.

연산균   나는 모자 가게부터 갈게.

연산균은 다른 이들이 반응하기도 전에 시장 안으로 뛰어갔다. 황금비는 그런 연산균을 보며 한심스럽다는 표정을 지었다.

황금비   못 말려, 정말!
나우스   나도 옷이랑 보석 좀 사러 갈게. 나도 많이 사라져 버려서.

나우스는 억지웃음을 짓더니 스케이트보드를 꺼내서 탔다. 스케이트보드를 타고 시장 안으로 쏜살같이 사라지는 나우스를 보며 황금비가 눈살을 찌푸렸다. 심통이 잔뜩 난 얼굴로 고난도를 째려봤다.

황금비   넌, 따로 살 거 없어?

말투가 곱지 않았다. 황금비는 고난도를 타박하려는 의도를 숨기지 않았다.

고난도   나는 우연을 즐길 거야.

황금비가 그러거나 말거나 고난도는 개의치 않은 듯 목소리가 유쾌했다.

황금비   뭔 소리야?

고난도   너랑 다닌다는 뜻이야. 천천히 구경하면서 엉킨 실타래를 풀 실마리를 찾아봐야지.

황금비   넌 늘 비정상인데 가끔 정상처럼 군단 말이야.

고난도   한정판 사랑은 비정상이 아니야.

황금비   말을 섞은 내가 바보지.

황금비가 씩씩대며 걸음을 뗐다. 고난도는 황금비 옆에 나란히 서서 걸었다. 시장은 화려하고 다양한 상점들이 수도 없이 늘어서서 돌아다니는 아바타들을 유혹했다. 상점 앞을 지날 때마다 황금비 이름을 부르며 상품 광고가 쏟아졌다. 황금비는 괴로워하는데 고난도는 아무렇지 않은 표정이었다.

황금비   시장에 올 때마다 정신이 없어. 이런 데서 어떻게 생각을 정리한다는 건지 모르겠어.

고난도   광고 차단기 없어?

황금비   시장에 안 오면 되는데 그딴 걸 왜 사?

고난도   쯧쯧, 광고 차단기는 불필요한 광고를 막아 주기도 하지만,

내게 꼭 필요한 물품을 알려 주기도 해. 웬만하면 장만해.

황금비 됐어. 그런 데다 '전'을 쓰고 싶지는 않아.

'전'은 메타버스에서 사용하는 화폐다. '전'은 현실에서 사용하는 화폐와 환전을 할 수 있다. 황금비는 점점 걸음을 빨리 옮겼고, 고난도는 황금비 옆에 바짝 붙어서 황금비만 보며 걸었다. 시선이 느껴졌는지 황금비가 옆걸음으로 떨어지려 했다.

황금비 너 왜 그래?

고난도 뭐가?

황금비 왜 나만 봐?

고난도 널 보는 게 아니야.

황금비 그럼 뭔데?

고난도 네 목걸이.

황금비 목걸이가 왜? 아… 한정판…. 에휴, 너도 참…. 그만해. 이건 절대 넘겨줄 수 없어. 때가 되면 그자들을 잡을 거야. 내 모든 걸 잃게 한 이들을 가만두지 않을 거야. 그러려면 이 목걸이가 필요해.

고난도 그렇게 말하니까 더 탐난다. 더 귀한 한정판이잖아.

황금비 내가 너랑 말을 섞지 말아야지.

씩씩대며 걸어가던 황금비가 우뚝 멈춰 섰다. 황금비가 멈춰 선 곳은 유명한 명품 패션 업체 앞이었다.

황금비   저거 안 사?

황금비는 명품 패션 가게 앞에 붙은 광고판을 가리켰다. 광고판을 본 고난도가 어깨를 으쓱했다.

고난도   저걸 왜 사?
황금비   한정판이라잖아. 그것도 유명한 패션 업체가 만든 손가방이고, 100개 한정인데 이제 10개도 안 남았다잖아.
고난도   저런 물품은 진짜 한정판이 아니야. 업체가 억지로 만들어 낸 한정판은 가치가 없어.
황금비   저 업체가 만든 한정판은 아이템 거래장터에서 비싸게 거래된다고 하던데?
고난도   나는 돈 벌려고 한정판을 모으는 게 아니야.
황금비   너는 정말 알다가도 모르겠어.
고난도   내 심오한 세계는 너로서는 절대 이해하지 못해. 답을 구할 수 없는 미지수처럼.

미지수란 말에 황금비 얼굴이 금세 딱딱하게 굳었다. 납치당한 미지수지가 떠올랐기 때문이다. 고난도가 그런 황금비를 위로하려고 하는데 갑자기 빨간 자동차 한 대가 빠르게 지나갔다. 워낙 가까이 스치고 지나 갔기에 아바타가 흔들릴 정도였다.

황금비   저딴 식으로 운전을 하다니….

고난도   걱정 마. 여기서는 교통사고가 안 나니까.

황금비   누가 그걸 몰라? 비싼 차 몰면서 생색내는 꼴이 짜증나서 그렇지.

고난도   하긴, 전투행성에서 장갑차나 헬기를 몰던 네가 저런 차를 자랑하며 모는 꼴을 보면 한심하겠지.

그들은 어느새 자동차 전시장 앞에 이르렀다.

고난도   그런 의미에서 자동차 구경이나 할래?

황금비   여긴 최고급 자동차 전시장이야. '전'이 썩어 넘치는 사람들 이나 와서 자랑을 해 대는 곳이라고.

고난도   그래도 어때. 구경은 자유잖아. 시승하는 재미도 있고.

잠깐 머뭇거리던 황금비는 고난도를 따라서 자동차 전시장으로 들어 갔다. 화려한 조명 아래 수백 대나 되는 자동차가 맵시를 뽐냈다. 자동차 앞을 지날 때마다 입체 영상이 성능과 외모를 자랑하며 구매를 유혹했다. 자동차 전시장 안에서는 고난도가 착용한 광고 차단기도 무용지물이었다.

고난도   저 차 한번 타 볼래?

고난도가 전조등이 유난히 큰 초록빛 자동차를 가리켰다. 운전석만 있는 다른 차와 달리 보조석까지 달려서 폭이 꽤나 넓었다.

황금비   저건 여기서도 비싼 차야.
고난도   싸도 살 생각은 없어. 그냥 타 보는 거지.

고난도는 머뭇거리는 황금비를 끌고 자동차로 갔다. 아이템팔찌를 내밀고 신분을 확인한 뒤에 차에 올라탔다. 운전석에 앉은 고난도는 운전대를 잡고 운전하는 시늉을 했다. 자동차에 내장된 *AI*가 말을 걸었다.

AI   고객님, 모의 시승을 해 보시겠습니까?
고난도   좋지.
AI   장소는 어디로 선택하시겠습니까?
고난도   권하는 데는 있어?
AI   이 차는 고급승용차로 조명이 화려한 도시를 유유히 산책할 때 가장 어울립니다.

고난도	좋아.
AI	도시는 어디로 선택하시겠습니까?
고난도	화려한 도시 하면 라스베이거스지.
AI	그럼, 라스베이거스로 모시겠습니다. 즐거운 시승이 되기를 바랍니다.

둥근 막이 자동차를 돔처럼 감싸면서 주변 풍경이 바뀌었다. 화려한 라스베이거스 밤거리가 실제처럼 펼쳐졌다.

고난도	자, 어디 한번 달려 볼까!

자동차는 고난도가 엑셀을 밟지 않았는데도 서서히 움직였다. 형형색색으로 빛나는 조명이 자동차 주변을 더욱 화려하게 꾸몄다.

고난도	너무 느려. 나는 도심을 질주하고 싶어.
AI	알겠습니다. 라스베이거스 도심을 빠르게 달리겠습니다.

자동차가 붕붕 소리를 내더니 서서히 속력을 올렸다. 주변 풍경이 빠르게 뒤로 밀려났다.

고난도	와우! 바로 이거지.

고난도는 신나서 팔까지 치켜드는데 황금비는 팔짱을 끼고 아무런 반응을 보이지 않았다. 고난도는 개의치 않고 더욱 신나게 소리를 질렀다. 자동차가 가장 번화한 도로를 빠른 속도로 지나갈 때였다. 갑자기 강한 충격음이 들리더니 라스베이거스 풍경이 사라지고 전시장이 원래 모습을 드러냈다. 황금비가 팔짱을 풀고 재빨리 자동차에서 일어났다. 자동차를 덮은 보랏빛을 황금비가 두 손으로 쳤지만 반탄력에 손이 튕겨 나왔다. 고난도와 황금비가 서로를 쳐다봤다.

황금비	맞지?
고난도	맞아.
황금비	이게 도대체 어떻게…….
고난도	그건 나중에 고민하고, 빨리 해체하자. 잘못하면 알짜힘을 모조리 잃은 채 사라져.

고난도는 재빨리 노랑카드와 초록카드를 꺼냈다. 노랑카드로 보랏빛 사슬을 소인수분해했고, 초록카드로는 분해된 소수를 빨아들였다. 낡은 카드가 조금 전보다 더 낡아졌다.

| 고난도 | 쯥! 이것도 몇 번 못 쓰겠네. 이렇게 쓸 때마다 낡아지면 얼마 지나지 않아 효능이 사라질 거야. |

고난도가 카드를 챙기며 씁쓸하게 말했다.

황금비   빨리 내려야 해.

카드를 챙기는 고난도를 황금비가 잡아끌고 차에서 뛰어내렸다.

고난도   왜 그래?
황금비   저기 봐. 저 가방이 차들을 몽땅 빨아들이고 있어.

황금비 말이 끝나기 무섭게 조금 전까지 타고 있던 차가 강렬한 보랏빛에 휩싸이더니 전시장 입구 쪽으로 빨려 들어갔다. 입구에는 파란 가방 하나가 놓였는데, 그 가방이 모든 자동차들을 남김없이 빨아들였다. 자동차 전시장 안은 아비규환이었다. 자동차를 구경하던 아바타들은 보랏빛에 갇히자 점점 굳어지더니 각자가 지닌 아이템을 잃고 사라졌다. 전시장에 놓인 모든 자동차를 다 빨아들이고, 구경하던 아바타들을 소멸시킨 뒤에야 가방에서 흰빛이 사라졌다. 곧이어 두 아바타가 나타났다.

한 아바타는 길고 날씬했고 한 아바타는 짧고 통통했다. 긴 아바타는 팔과 다리가 가늘고 길었는데, 몸매를 선명하게 드러내는 하얀 옷을 입고 굽 높은 하얀 신발을 신었다. 짙은 검정색 단발머리가 하얀 옷과 대비되어 무척 선명했다. 얼굴에 마스크를 썼는데, 마스크 표면에 붉은 립스틱으로 입술을 그려넣어서 자연스럽게 시선이 그곳으로 모아졌다. 짧고 통통한 아바타는 마치 닌자를 연상하게 하는 외모인데, 머리부터 발끝까지 온통 검정색이었다. 오직 맑고 둥근 눈만 겉으로 드러났기에 자연스럽게 눈으로 시선이 갔다. 크고 날씬한 몸매와 작고 통통한 몸, 흰색과 검은색 옷, 입술과 눈, 언뜻 보기에도 묘한 대조를 이루는 조합이었다.

고난도 우리 두레채에 침입한 아바타와 같은 패거리일까?
황금비 사용하는 수법이 동일한 걸 보면 아무래도 그럴 가능성이
     높겠지.
고난도 잡자!
황금비 저들은 이상한 무기를 자유자재로 사용해.
고난도 나한테는 사냥도구가 많아.

고난도는 아이템팔찌에서 사냥도구함을 열었다. 황금비는 고난도 사냥도구함을 보고는 입이 벌어졌다.

황금비 넌 정말 이해 불가야.
고난도 한때 사냥에 푹 빠져 지낸 적이 있어서.
황금비 거의 다 포획용 도구네.
고난도 사냥터에서 동물 살상은 금지여서 포획만 가능해.

황금비가 마취총과 그물을 가리키자 고난도가 그 도구들을 황금비에

게 넘겨주었다. 황금비는 마취총은 손에 들고 그물은 허리에 찬 채 은밀하게 그들에게 접근했다. 고난도는 조심스럽게 황금비 뒤를 따랐다. 2인조는 자동차와 아바타를 빨아들인 가방 안을 살피더니 통통한 아바타가 가방을 둘러멨다. 큰 아바타는 주위를 계속 경계해서 쉽게 접근하기 어려웠다. 이대로라면 공격할 기회도 없이 놓칠 수밖에 없었다. 고난도가 황금비 등을 툭툭 두드렸다. 그러고는 두 사람만 통하는 음성기능인 귓속말 대화를 사용해 말했다. 귓속말 대화를 선택하면 두 사람끼리만 비밀스러운 대화가 가능하다.

고난도　　　내가 폭죽을 사용해서 주의를 끌 테니까 그때 마취총을 쏴.
황금비　　　좋은 계획이야.

고난도는 아이템팔찌에서 폭죽을 꺼내더니 공을 굴리듯이 바닥으로 굴렸다. 도르르르 굴러가던 폭죽이 2인조 근처에서 요란하게 터졌다. 주변을 경계하며 밖으로 나가려던 그들은 화들짝 놀랐다. 빈틈이 생겼고 황금비는 그 틈을 놓치지 않았다. 황금비가 쏜 마취총은 정확히 풍풍한 아바타에 명중했다. 가방을 메고 나가던 검은 아바타는 다리가 풀리더니 바닥에 쓰러졌다. 하얀 아바타가 쓰러진 동료를 살필 때 황금비는 그물을 집어던졌다. 그물은 넓게 퍼지며 그들을 덮쳤다.

고난도　　　성공이야!

고난도가 박수를 치며 좋아했다. 고난도는 포획용 밧줄을 꺼냈다. 고난도가 다가가 밧줄로 2인조를 묶으려고 하는데, 그물이 갈기갈기 찢어지며 사방으로 튀었다.

하얀 아바타　　이것들이….

하얀 아바타는 아이템팔찌에서 구슬을 꺼내 들더니, 고난도를 겨냥했다.

황금비　　피해!

황금비는 고난도를 잡고 옆으로 뒹굴었다. 하얀 아바타가 던진 구슬이 요란하게 터졌고, 바닥이 푹 파였다. 하얀 아바타는 이마를 찡그리더니 다시 구슬을 꺼내 들었다.

검은 아바타　　… 빨리… 도망… 쳐. … 그들이… 오고… 있… 어.

바닥에 쓰러진 아바타가 간신히 말을 했다. 하얀 아바타는 구슬을 집어넣고, 검은 아바타를 안아 들더니 밖으로 뛰쳐나갔다. 황금비와 고난도는 벌떡 일어나 그들을 뒤쫓았다. 하얀 아바타가 가방에서 자동차를 한 대 꺼냈다. 조금 전에 황금비와 고난도가 탔던 바로 그 자동차였다. 자동차가 거리에 놓이자 보조석에 검은 아바타를 태우더니, 하얀 아바타가 운전석에 앉았다. 처음에는 시동이 걸리지 않았지만, 하얀 아바타가 아이템팔찌에서 보라색 동전을 꺼내서 운전대에 올려놓자 시동이 걸렸다. 자동차는 부르릉 소리를 내며 질주했다.

황금비　　쫓아야 해.

황금비는 아이템팔찌에서 스케이트보드를 꺼내서 탔다. 고난도는 롤러스케이트 신발을 신었다. 스케이트보드가 강하게 진동하더니 연기를 내뿜으며 앞으로 내달렸다. 고난도가 롤러스케이트를 타는 동작을 취하자 바퀴 뒤에서 강한 폭발이 일어나며 속도가 붙었다. 시장 한복판으로 뻗은 길을 따라 자동차가 도망치고, 스케이트보드를 탄 황금비와 롤러스케이트를 신은 고난도가 그 뒤를 추격했다. 자동차는 길거리에서 걸어가는 아바타들을 처음에는 피하더니 황금비와 고난도가 따라붙자 피하지 않고 그대로 치고 나갔다. 자동차가 아바타들을 튕겨 내는 바람에 고난도와 황금비가 뒤를 쫓기에는 더 수월했다. 시장을 벗어난 자동차는 큰길로 빠져나가더니 점점 속도가 빨라졌고, 황금비와 고난도는 점점 뒤처졌다.

황금비　　이대로는 놓치겠어.
고난도　　내 뒤로 붙어.

황금비 　어쩌려고?

　고난도는 대답은 안 하고 아이템팔찌에서 사냥에서 쓰는 추적용 활을 꺼냈다. 활시위를 메기고는 자동차를 겨냥했다. 활시위를 잡아당기자 화살 끝에서 붉고 시퍼런 번개가 일렁였다. 번개가 화살을 따라 쭉 번지다가 시위를 잡은 손에 닿자마자 고난도가 시위를 놓았다. 화살은 허공에 번개를 흩뿌리며 자동차를 향해 날아갔다. 자동차가 빨랐지만, 화살은 더욱 빨랐다. 화살은 정확하게 차량 뒤쪽 트렁크에 달라붙었다. 고난도는 활을 수평으로 눕히고 두 손으로 잡았다. 자동차에 박힌 화살에서 푸른 선이 뻗어 나오더니 활과 연결되었다.

　고난도 　내 허리를 잡아.

　고난도 뒤를 따르던 황금비는 재빨리 고난도 허리를 붙잡았다. 고난도와 황금비는 끈에 매달린 채 자동차 뒤를 따라갔다. 활을 위아래로 흔들 때마다 자동차와 연결된 선이 줄어들며 간격이 좁혀졌다. 차를 타고 도망치던 하얀색 아바타는 차량에 설치된 카메라로 뒤에 따라오는 황금비와 고난도를 뒤늦게 확인했다. 운전대에 앉은 하얀 아바타는 추적자를 확인하자마자 차를 좌우로 거칠게 몰았다. 그럴 때마다 고난도와 황금비는 옆 차와 부딪칠 뻔하거나, 길가에 설치된 가로수에 부딪힐 위험에 처했다. 그러나 고난도는 아주 능숙하게 장애물을 피했다.

자동차는 도심을 벗어나 야외로 나왔고, 드넓게 펼쳐진 초원 가운데로 뻗은 도로를 내달렸다. 차는 최대 출력으로 달리며 지그재그로 움직였지만, 고난도와 황금비는 떨어지지 않을 뿐 아니라 조금씩 간격을 좁혔다. 간격이 $5m$ 안으로 줄어들자 하얀 아바타가 갑자기 차를 도로 밖으로 몰았다. 자동차는 초록색 풀이 드넓게 펼쳐진 초원을 맹렬하게 가로질렀다. 풀 길이가 짧아서 위험하지는 않았지만, 풀이 만들어 낸 마찰로 인해 가까이 다가가기가 힘들어졌다.

황금비   초원이 끝나면 바위가 곳곳에 박힌 사막이야. 거기까지 끌려가면 위험해.

고난도   거기 도착하기 전에 멈춰 세워야지.

황금비   뭘 어쩌려고?

고난도   네가 활을 잡아.

황금비는 더는 묻지 않고 고난도가 시키는 대로 손을 움직여 활을 잡았다. 고난도는 상체를 쪼그리더니 황금비가 올라탄 스케이트보드 앞에 몸을 실었다. 그러고는 아이템팔찌에서 아주 큰 부메랑을 꺼냈다.

고난도   이것도 한정판인데, 에휴 아까워.

고난도는 투덜대면서도 부메랑을 던질 준비를 했다. 몸을 옆으로 기울이며 부메랑을 옆으로 길게 내밀어 앞서 달리는 자동차를 겨냥했다. 부메랑이 정확히 자동차를 겨냥하자 조금 전까지 밤색이던 부메랑에 은은한 황금빛이 감돌았다. 고난도가 부메랑을 막 던지려고 하는데, 갑자기 앞서 달리던 자동차를 향해 거대한 작살이 내리꽂혔다. 자동차에 정통으로 맞지는 않았지만, 오른쪽 앞 전조등이 박살이 났다. 뒤따라가던 고난도와 황금비도 땅에 박힌 작살을 간신히 피했다.

고난도	어디서 날아온 작살이지?
황금비	위를 봐!
고난도	나를 공격했던 바로 그 비행접시야!
황금비	도대체 왜 비행접시가 저 도둑들을 공격하지? 같은 편이 아니었나?

고난도가 뭐라고 대답을 하려는데 비행접시에서 쏜 작살이 자동차 앞부분을 위에서 아래로 관통했다. 작살이 적중하자 자동차는 폭발음을 내며 쭉 밀려 나가다가 정지했다. 뒤를 따르던 황금비와 고난도는 관성력으로 인해 자동차에 그대로 충돌할 뻔하다가 아슬아슬하게 옆으로 피했다. 비행접시가 쏜 작살 끝에는 두꺼운 쇠사슬이 이어져 있었다. 비행접시가 쇠사슬을 잡아당기자 자동차가 그대로 하늘로 끌려 올라갔다. 하얀 아바타가 차 문을 발로 차서 열더니 검정 아바타를 끌어안고서 밖으로 뛰어내렸다. 그러나 그들은 바닥으로 뛰어내리지 못했다. 작살 끝에서

보라색 기운이 일어나더니 둥근 구를 만들며 자동차와 주변을 휘감았기 때문이다. 그들은 보라색이 만든 사슬에 갇혀 꼼짝도 못 했다.

황금비   보라색 사슬을 풀어야 해.

황금비가 다급히 외쳤다. 고난도가 화살 끝에 노랑카드와 초록카드를 한꺼번에 꽂은 뒤 활에 메겼다. 고난도는 능숙한 솜씨로 화살을 쏘았다. 화살은 정확히 보라색 사슬에 적중했다. 그러나 기대했던 변화는 전혀 일어나지 않았다.

황금비   어떻게 된 일이지?
고난도   사슬이 워낙 강해서 그래. 소인수분해가 된 숫자 외에도 남은 숫자가 너무 많아.

고난도가 눈에 힘을 주며 자동차를 끌어들이는 비행접시를 노려봤다. 어떻게든 방법을 찾아야 했지만, 방법이 없었다. 그때였다. 보라색 사슬 안에서 꼼짝없이 끌려가던 하얀 아바타가 검은 아바타가 메고 있던 가방을 열었다. 그리고는 가방 안에 든 자동차를 모조리 꺼내 버렸다. 보라색 사슬 안은 형체를 갖추려는 자동차들이 폭발하듯이 늘어났고, 엄청난 무게에 비행접시가 더는 사슬을 끌어 올리지 못했다. 보라색 사슬은 점점 부풀어 올랐고, 그럴수록 자동차는 점점 더 많아졌다. 비행접시는 늘어나는 자동차 무게를 더는 이기지 못했고, 갑작스럽게 아래로 추락했다.

황금비   피해!

황금비는 고난도를 잡고 스케이트보드 출력을 최대치로 올렸다. 자동차 수백 대와 비행접시가 모조리 바닥으로 추락했다. 황금비는 떨어지는 자동차들을 능숙하게 피했다. 추락하는 자동차를 다 피했다고 생각했을 때쯤 전투행성에서나 울릴 만한 강한 폭발이 일어났다. 비행접시가 땅에 떨어지며 폭발한 것이다. 검보라색 연기와 불꽃이 사방으로 퍼지며 강렬한 회오리를 일으켰다. 쓰러진 고난도와 황금비한테도 회오리가 닥쳤다. 아무것도 의지 안 한 채 그대로 버티기 불가능할 만큼 강한 회오리였다. 회오리에 휩쓸리지 않으려고 애를 쓰자 알짜힘이 조금씩 소진되었다. 바닥에 떨어진 자동차들이 회오리 바람에 휩쓸리며 허공을 휘저었다. 수많은 파편이 생기자 회오리는 더욱 강해졌다.

황금비   더는 버티기 힘들어.
고난도   내 몸을 잡아 줘.

고난도가 다급하게 소리를 질렀고, 황금비가 고난도 몸을 뒤에서 받치며 회오리에 휩쓸리지 않으려고 애를 썼다. 고난도는 아이템팔찌를 열고는 황금삽을 꺼냈다. 그러고는 최대치 힘을 사용해서 바닥을 내리찍었다. 딱 한 번 삽을 휘둘렀을 뿐인데 땅이 깊이 파였다. 고난도는 있는 힘을 다해 삽을 여러 번 내리찍었다. 그러자 둘이 들어갈 만한 구덩이가 만들어졌고, 고난도와 황금비는 재빨리 구덩이로 뛰어들었다. 다행히 회오리는 구덩이 속까지는 영향을 끼치지 않았다. 회오리는 점점 강해졌고 점점 보라색으로 바뀌었다. 온통 보라색밖에 보이지 않게 되자 회오리가 조금씩 약해지더니 보라색만 남고 사라졌다. 황금비가 구덩이 밖으로 고개를 내밀어 주변을 살폈다. 거대한 보라색 돔이 하늘을 뒤덮고 있었다.

황금비   알짜힘이 조금씩 줄고 있어. 그때 그 사슬과 같은 형태야. 여기서 빨리 빠져나가야 해.

고난도와 황금비는 구덩이에서 나온 뒤 돔 밖으로 나가려고 움직였다. 그러나 몇 걸음 떼기도 전에 보라색 에너지 벽에 부딪혔다. 소인수분해 카드를 던져도 아무런 변화가 없었다. 고난도가 황금삽을 꺼내 땅을 팠지만, 땅 속도 투명한 에너지 벽이 가로막고 있었다. 황금비와 고난도는 둥글게 펼쳐진 에너지 벽을 돌며 혹시나 탈출구가 있는지 찾았다.

허공에는 수많은 숫자가 떠다니고 돔 에너지 벽에서 열 걸음쯤 떨어진 안쪽에는 짙은 보랏빛 숫자들이 강물처럼 흐르며 돔 가운데 쪽으로 들어가지 못하게 막았다. 강물은 폭이 넓고 흐르는 속도가 워낙 빨라서 그냥 건너기는 불가능했다. 거대한 돔을 한 바퀴 돌았지만 빠져나갈 빈

틈은 전혀 없었다. 처음 출발한 데로 돌아온 뒤에 돔 곳곳을 자세히 살피던 황금비가 손가락으로 돔 중심부 천장을 가리켰다. 중심부 가운데는 구멍이 나 있고, 구멍 아래로 수많은 기계장치들이 얽혀서 느리게 회전했다. 자동차와 비행접시에서 떨어져 나온 부품들이 어떤 힘으로 뭉친 뒤에 돔 천장에 달라붙은 것이다.

황금비   이곳에서 밖으로 탈출할 데는 저기 밖에 없어.

고난도   저길 가려면 우리 앞을 가로막고 흐르는 이 급류부터 건너야 해.

황금비   여길 넘어갈 도구는 없어? 넌 뭐든 다 있잖아?

고난도   내 개인보관함에는 있는데, 지금 차고 있는 아이템팔찌에는 적당한 도구가 없어.

황금비는 자기 아이템팔찌를 살피더니 전투함을 열었다. 그러고는 이것저것 아이템을 꺼내려고 했다. 그러나 전투함에 들어 있는 아이템은 단 하나도 꺼낼 수 없었다.

황금비   짜증 나. 전투행성이 아니라서 내가 가진 아이템은 아무것도 쓸 수가 없어.

황금비는 씩씩거리며 발을 구르더니 하늘을 떠다니는 숫자를 향해 괜히 주먹을 휘둘러 댔다. 숫자들은 황금비 주먹에 맞아 이리저리 흔들릴 뿐 땀나는 동물 옆에 달라붙은 날벌레처럼 사라지지 않았다. 고난도는 바닥에 쪼그리고 앉아 급류를 자세히 살폈다. 처음에는 급류를 이루는 숫자가 같은 크기인 줄 알았는데 가만히 살피니 크기가 다른 숫자가 보였다. 손톱보다 작은 알갱이들 사이로 벽돌 모양을 한 다양한 숫자들이 마치 물고기처럼 헤엄쳐 다녔다. 숫자 알갱이들은 무섭게 흘렀지만, 숫자 벽돌은 그렇게 빠르지 않았다.

고난도는 아이템팔찌에서 잠자리채를 꺼내더니 숫자벽돌을 건져 냈다. 숫자벽돌을 알갱이 밖으로 꺼내자 딱딱하게 굳어서 진짜 벽돌처럼 바뀌었다. 고난도는 밖으로 꺼낸 숫자벽돌을 가만히 관찰하더니 바닥에 내려놓고는 다시 잠자리채로 숫자벽돌을 건져냈다. 고난도는 똑같은 일을 계속 반복했다. 벽돌을 열 개 정도 꺼낸 고난도는 벽돌을 만지며 이리저리 움직이더니 차곡차곡 쌓아 올렸다.

황금비 　벽돌로 뭘 하려고?

주위를 맴돌던 황금비가 고난도가 쌓아 놓은 벽돌을 발끝으로 툭 찼다. 벽돌은 힘없이 옆으로 쓰러졌다. 황금비는 쓰러진 벽돌을 한 번 더 발끝으로 차더니 날벌레처럼 달려드는 숫자들을 손으로 잡아서 집어던졌다.

황금비 　어휴, 짜증 나! 이 날벌레 같은 숫자들은 다 뭐야.

황금비는 손을 휘젓더니 보라색 에너지 벽을 살피러 걸음을 옮겼다. 바닥에 쪼그려 앉은 고난도는 바닥에 놓인 벽돌을 다시 모았다. 낱개로 흩어진 벽돌을 하나씩 끌어 모으는데 이상하게 떨어지지 않은 벽돌이 있었다. 고난도는 단단하게 붙은 벽돌을 들더니 가만히 살폈다. 벽돌 끝을 잡고 힘껏 당기자 벽돌은 간신히 떨어졌다. 벽돌이 붙었다 떨어진 면에는 작은 숫자 하나가 붙어 있었다. 벽돌 두 장 사이에서 접착제처럼 작동한 숫자를 들고 고난도는 골똘히 생각에 잠겼다.

고난도   이쪽 벽돌은 24, 저쪽 벽돌은 18, 가운데 숫자는 6이네. 6
        이 어떻게 두 벽돌을 달라붙게 했을까?

고난도는 허공에서 날아다니는 숫자 3을 잡아서 18과 24 벽돌 사이에 끼우고는 두 벽돌을 붙였다. 벽돌은 살짝 달라붙는 듯하더니 툭 떨어졌다. 이번에는 5를 잡아서 벽돌 사이에 끼워 넣고 붙였지만, 아예 달라붙지 않았다. 다시 6을 벽돌 사이에 끼우고 벽돌을 붙이자 단단히 달라붙었다.

고난도   3은 약하게 붙고, 6은 강하게 붙고, 5는 달라붙지 않네. 다
        른 벽돌을 한번 해 볼까?

고난도는 벽돌 20과 벽돌 30을 들더니 그 사이에 6을 끼워 넣었다. 6

은 아무런 접착제 역할을 하지 못했다. 이번에는 2를 끼워 넣자 살짝 붙기는 했지만 잡아당기자마자 떨어졌고, 5를 넣자 2보다는 강하게 붙었지만 세게 당기자 떨어졌다. 허공에 날아다니는 10을 잡아서 벽돌 20과 벽돌 30 사이에 끼워 넣자 두 벽돌은 단단하게 붙어서 있는 힘껏 잡아당겨도 떨어지지 않았다.

고난도   24와 18을 붙이는 6, 20과 30을 붙이는 10, 공통점이 뭘까?

고난도는 단단하게 달라붙은 벽돌을 양손에 들고 고민에 빠졌다.

황금비   어떻게 된 거야?

고난도   뭐가?

황금비   그 벽돌을 어떻게 붙인 거냐고?

고난도가 조금 전에 자신이 했던 방법을 설명해 주었다.

황금비   24와 18이 있을 때 5는 안 붙고, 3은 약하게 붙고, 6은 단
         단히 붙었다고?

고난도   응. 20과 30이 있을 때 6은 아예 붙지 않고 2는 약하게, 5는
         조금 더 강하게, 10은 아주 강하게 붙었어.

황금비   그건, 약수잖아!

고난도   약수? 아, 그렇구나. 약수는 붙고…. 그럼 6과 10은….

황금비   두 수의 최대공약수! 18과 24의 최대공약수는 6이고,[6] 20
          과 30의 최대공약수는 10이야.[7]

고난도   아, 그렇구나! 그럼 그 보라색 사슬과도 원리가 같네. 그때도
          숫자끼리 관계가 있을 때 단단하게 붙었잖아. 소인수분해를
          하면 관계가 깨졌고.

황금비   숫자를 이루는 단위는 소수고, 소수끼리 곱을 하면 약수가
          돼. 소인수분해가 한 숫자가 어떤 식으로 이루어졌는지 이해
          하게 해 준다면, 공약수는 두 숫자가 서로 어떤 관계인지 알
          려 줘. 최대공약수는 두 숫자가 맺는 가장 강력한 관계를 보
          여 주는 거야. 그래서 최대공약수일 경우 숫자벽돌이 힘으
          로 떼기 어려울 만큼 강하게 달라붙나 봐.

고난도   그런데 최대공약수로 붙여 놓아도 강하게 힘을 주면 결국
          떨어져. 이걸로 다리를 만들어서 건너기에는 접착력이 부
          족해.

황금비   그러면… 공배수를 이용하면 어떨까?

고난도   공배수를 이용한다고?

황금비   약수가 어떤 수를 나누어떨어지게 하는 수라면, 배수는 어

---

6   24의 약수 1, 2, 3, 4, 6, 8, 12, 24이고, 18의 약수는 1, 2, 3, 6, 9, 18이다. 두 수의 약수 가
    운데 공통된 약수인 공약수는 1, 2, 3, 6이고, 공약수 중에서 가장 큰 수인 최대공약수는 6이다.

7   20의 약수는 1, 2, 4, 5, 10, 20이고, 30의 약수는 1, 2, 3, 5, 6, 10, 15, 30이다. 두 수의 공약
    수는 1, 2, 5, 10이고, 최대공약수는 10이다.

떤 수로 나누어떨어지는 수야. 약수와 배수가 연결되면 더 강하게 숫자들이 묶일 거야. 공배수는 두 수로 모두 나누어 떨어지는 수니까.

고난도   그럼 최소공배수를 이용하면 아주 강하겠네. 최소공배수도 최대공약수 못지않게 두 수와 친밀한 관계니까 더 강하게 묶일 거야.

황금비   맞아. 관계가 강할수록 강하게 묶이는 원리를 활용하면 18과 24를 최대공약수인 6으로 결합하고, 묶인 두 벽돌 위로 공배수인 144, 216 벽돌을 올리고 그 사이에 최소공배수인 72를 접착 숫자로 놓으면 단단하게 붙을 거야.[8]

고난도   20과 30일 때는 공배수인 120, 180을 올려놓고, 그 사이에 최소공배수인 60을 올리면 단단해지지 않을까?[9]

고난도   원리는 그럴 듯해. 일단 해 보자.

고난도는 잠자리채를 이용해 숫자벽돌을 여러 개 건져 냈다. 황금비

---

8   18과 24의 최소공배수는 72다. 18을 인수분해하면 2×3^2, 24를 인수분해하면 $2^3 \times 3$, 소인 수의 지수가 같으면 그대로 곱하고, 다르면 둘 중에서 더 큰 지수가 있는 수를 골라서 모두 곱 하면 최소공배수가 되므로($2^3 \times 3^2$), 18과 24의 최소공배수는 72다. 두 수의 공배수는 최소 공배수의 배수이므로 72, 144, 216, … 등이 18과 24의 공배수이다.

9   20과 30의 최소공배수는 60이다. 20을 소인수분해하면 $2^2 \times 5$, 30을 인수분해하면 $2 \times 3 \times 5$, 소인수의 지수가 같으면 그대로 곱하고, 다르면 둘 중에서 더 큰 지수가 있는 수를 골라서 모두 곱하면 최소공배수가 되므로($2^2 \times 3 \times 5$), 20과 30의 최소공배수는 60이다. 두 수의 공 배수는 최소공배수의 배수이므로 60, 120, 180,… 등이 20과 30의 공배수이다.

는 허공에 떠다니는 숫자 중에서 최대공약수를 골라서 벽돌을 붙였다. 그러고는 공배수인 벽돌을 위에 놓고 그 사이에 최대공약수인 숫자를 허공에서 붙잡아서 끼워 넣었다. 예상대로 벽돌은 단단히 붙었고, 손으로 잡아당겼을 때뿐만 아니라 온몸으로 내리눌러도 조금도 흔들리지 않았다. 그렇게 계속 이어 붙여서 다리를 만들었다. 시간이 조금 오래 걸렸지만 단단하고 흔들림 없는 다리가 만들어졌다. 다리를 이루는 벽돌은 단단했지만 무게는 거의 안 나갔기에 땅에서 만든 다리를 옮겨서 설치하는 게 그리 어렵지 않았다. 고난도와 황금비는 다리를 건너 돔 중심부로 걸어갔다. 둘은 돔 중심부 아래에서 위를 올려 봤다.

고난도   저 위쪽까지 올라가야 해.

황금비   다른 방법은 없겠지?

고난도   오래 걸려도 쌓아 올려야지, 뭐!

황금비   숫자벽돌이 단단하긴 하지만 종이처럼 가벼우니 사다리 형
          태로 만들자.

고난도   좋은 생각이야.

둘은 열심히 숫자벽돌을 건져서 사다리를 만들었다. 충분히 만들었다고 생각하고 위로 올렸지만 약간 모자랐다. 다시 내려서 조금 더 길게 만든 뒤 다시 올렸다. 사다리를 가운데에 데려고 했으나 강한 회전 때문에 사다리가 쓰러져 버렸다. 하는 수 없이 기계장치 바깥 부분에 댔다. 사다

리가 단단하게 고정된 걸 확인하고 사다리를 밟고 위로 올라갔다.

고난도   저게 뭐야?

기계장치는 체인으로 이루어진 원이 겹겹이 이어져 빙글빙글 돌았다. 가운데는 작은 원이고 밖으로 올수록 점점 원이 커졌다. 원을 이루며 도는 각 체인에는 발판이 딱 하나밖에 없었다. 체인들은 회전하는 속도가 각기 달랐다.

고난도   저 복잡한 데를 어떻게 지나서 가운데까지 접근하지?

걱정하는 고난도와 달리 황금비는 여유로운 표정을 지었다.

황금비   저런 수준은 전투행성에서는 흔히 만나는 방해물이야.
고난도   저렇게 복잡한데?
황금비   겉으로는 복잡해 보이지만 저런 방해물을 자세히 관찰하면
         일정 시간마다 한 번씩 발판이 일렬로 맞춰지는 때가 있어.

고난도는 황금비 말을 듣고 회전하는 체인을 주의깊게 관찰했다.

고난도   어, 그러네!

황금비 　이제 간격을 확인해 봐. 그 시간에 맞춰 움직이면 돼.

회전하는 체인을 가만히 확인하던 고난도가 빙그레 웃었다.

고난도 　이거 가만히 보니까 최소공배수야.

황금비 　최소공배수?

고난도 　그래. 맨 바깥은 전체가 회전하는데 48초, 안쪽은 각각 60
　　　　초, 30초야. 중간에 체인이 없는 곳이 아주 좁게 있고, 그 안
　　　　쪽은 40초, 36초, 맨 안쪽은 24초야. 바깥쪽에서 회전하는
　　　　체인 세 개는 240초마다 한 번씩 발판이 일치하고, 안쪽에
　　　　서 회전하는 체인 세 개는 360초마다 발판이 일치해.

황금비 　48, 60, 30의 최소공배수는 240이고, 40, 36, 24의 최소공
　　　　배수는 360이니까 그게 맞네. 전투행성에서는 그냥 감으로
　　　　했는데 그게 최소공배수 원리를 이용한 거구나.

　고난도와 황금비는 체인이 도는 시간을 확인하다가, 발판이 일렬로
늘어서는 때에 맞춰 재빠르게 뛰어갔다. 중간에 잠깐 멈췄다가 다시 발판
이 일렬로 늘어서는 때에 맞춰 가장 안쪽까지 들어갔다. 돔 천장까지는
거리가 그리 멀지 않았다. 기계장치 끝부분이 계속 흔들려서 떨어지지
않게 주의를 기울여야 했다.

황금비   저기로 올라갈 방법이 있을까?

고난도는 아이템팔찌를 뒤져 보더니 혀를 길게 내밀었다.

고난도   아무래도 다시 돌아가서 사다리를 가져와야겠어.
황금비   사다리가 가볍기는 하지만 들고 움직이기에는 길어.
고난도   적당한 길이에 맞춰서 인수분해하면 사다리를 짧게 줄일 수
         있어.

둘은 사다리를 타고 올라왔던 자리로 돌아온 뒤에 사다리를 끌어올
렸다. 그러고는 노랑카드로 인수분해를 해서 사다리 길이를 줄였다. 짧
은 사다리를 든 채 다시 발판을 밟고 체인을 넘어갔다. 끝 지점에서 사다
리를 돔 천장에 난 구멍에 댄 뒤에 돔 위로 사다리를 타고 올라갔다. 돔
꼭대기에 서자 고난도가 아이템팔찌에서 썰매를 꺼냈다.

황금비   썰매를 타고 내려가다니, 괜찮은 생각이야. 이런 건 여러 번
         해 봤으니까 내가 앞에 탈게.
고난도   나도 사냥터에서 여러 번 타 봤어.
황금비   그럼 익숙하겠네. 자, 가자.

황금비가 썰매 앞에 타고, 고난도가 뒤에 앉았다. 발을 구르며 출발했

다. 썰매는 처음에는 천천히 움직이다가 속도가 점점 빨라졌다. 황금비는 조금도 당황하지 않고 내려가는 속도를 늦추며 능숙하게 썰매를 조종했다. 돔 마지막은 바닥과 거의 수직이었지만, 황금비는 썰매 앞을 바짝 세우며 바닥에 부드럽게 내려섰다. 바닥에 내려와서 썰매를 챙기며 고난도가 황금비에게 엄지를 추켜세웠다. 그들이 돔에서 빠져나와 몇 걸음 걸어가는데 어마어마한 굉음과 함께 돔 안에서 거대한 폭발이 세 번 내리 일어났다.

03. 번개와 불기둥

: 정수와 유리수 :

첫 번째 폭발에 돔이 흔들렸고, 두 번째 폭발에 땅이 파이고 돔이 깨졌으며, 세 번째 폭발에 주위 초원까지 송두리째 사라졌다. 세 번째 폭발과 함께 고난도와 황금비는 아무것도 보이지 않고 느껴지지 않는 깜깜한 어둠에 갇혔다. 서로를 향해 말을 해도 아무런 소리가 전해지지 않았다. 팔다리를 움직여도 감각이 느껴지지 않았다. 그렇다고 메타버스와 현실 세계를 잇는 신경연결망이 끊어진 것은 아니었다.

메타버스 안에서 아바타가 존재한다는 감각만 남은 채 다른 모든 감각이 사라졌다. 어찌할 바를 모르던 황금비는 혹시나 하는 마음에 목걸이를 꺼내 작동시켰다. 목걸이에서 빛이 퍼지며 일그러진 주변 공간이 드러났다. 무한히 펼쳐진 어둠에 숫자와 문자가 뒤죽박죽 얽혀서 빙글빙글 돌아갔다. 질서라고는 아무 것도 없는 거대한 혼돈이었다.

그러다가 갑자기 엄청난 추위가 밀려들었다. 아바타를 조종하는 실제 인간 신경계마저 얼어붙을 만큼 엄청난 추위였다. 신경연결망 결합도를 최하로 낮춘 뒤에야 겨우 견딜 만했다. 그러나 아바타 움직임이 거의 느껴지지 않아 동작을 세밀하게 조종할 수가 없었다. 시간이 지나면서 온도가 점점 올라갔다. 그에 맞춰 신경연결망 결합도를 높였는데 이번에는 느닷없이 온도가 화산처럼 뜨거워졌다. 실제로 화상을 입을 때 느껴지는 고통이 신경망으로 전해져서 깜짝 놀라 연결망 결합도를 다시 낮췄다. 그렇게 온도가 극저온에서 극고온으로, 다시 극고온에서 극저온으로 오르내렸다. 영상과 영하로 극하게 요동을 치던 온도는 시간이 지나면서 점점 요동이 줄어들더니 일정해졌다. 신경연결망을 통해서 전해지는 감각으로는 약간 차가운 느낌이 드는 정도였는데 온도계로는 0℃였다.

온도가 안정을 찾자 이번에는 공간이 위아래로 요동을 쳤다. 몸이 하늘 높이 솟아오르는 느낌이 들더니 순식간에 아래로 처박혔다. 마치 자유낙하를 하는 놀이기구처럼 아래로 떨어졌다. 땅 아래로 한없이 떨어지는 듯하더니 다시 로켓이 발사되는 것처럼 하늘로 솟구쳤다. 위와 아래로 쉼 없이 요동을 치더니 점점 움직임이 잦아들며 두 발을 땅에 딛고 선 느낌이 들었다. 바닥이 안정되자 조금씩 아바타에 감각이 돌아왔다. 움직임이 통제되고 주위를 흐르는 공기가 느껴졌다.

겨우 한숨을 돌리는데 이번에는 몸이 앞으로 쏠렸다. 자석에 바늘이 딸려가듯이 앞으로 쭉 끌려갔다가, 자석이 같은 인력끼리 밀어냈을 때처럼 뒤로 급격하게 밀려났다. 다시 앞으로 끌려가고, 뒤로 밀려나기를 반복했다. 아바타를 아무리 조종해도 움직임을 통제할 수가 없었다. 극과 극을 오가며 요동치던 움직임은 이번에도 시간이 지나자 서서히 잦아들며 균형을 잡았다. 영상과 영하, 위와 아래, 앞과 뒤로 요동치던 불균형이 가운데 지점으로 모이며 서서히 주변이 안정되었다. 그와 함께 뒤죽박죽이던 숫자와 문자들이 점점 형태를 이루며 무너진 세상이 형상을 갖춰 갔다.[10]

그러나 새롭게 드러나는 주위 풍경은 그 이전과는 완전히 달랐다. 황금비는 자신이 선 자리를 확인하고는 기겁을 했다. 전투행성에서도 겪어본 적이 없는 끔찍한 상황이었다. 황금비는 한없이 뾰족하고 얇은 기둥 위에 혼자 서 있었다. 바닥으로는 끝없는 어둠이 펼쳐졌는데 저 깊은 아래에는 붉은 용암이 부글부글 끓었다. 시커먼 하늘을 올려다보니 한없이 높은 곳에서 폭풍이 일렁이며 눈보라가 휘몰아쳤다. 초원이 먼 데 보이기는 하는데 갈 방법은 전혀 없었다.

---

10 이 장면은 0을 기준점으로 영상(+)과 영하(−), 위(+)와 아래(−), 앞(+)과 뒤(−)를 표현하여 양수와 음수의 개념을 드러낸 것이다. 정수는 양의 정수(양수, 자연수)와 음의 정수(음수), 양수도 음수도 아닌 수인 0으로 이루어진 수 체계다. 음수는 자연수에서 빼기를 하다가 자연수와 0으로 표시할 수 없는 경우를 표시하기 위해 만들어졌다. 정수는 0을 기준점으로 하여 음수와 양수가 정확히 대비를 이룬다. 양수와 음수를 표현할 수 있는 예시에는 이익(+)과 손해(−), 증가(+)와 감소(−), 해발(+)과 해저(−), 득점(+)과 실점(−), 인상(+)과 인하(−), 상승(+)과 하강(−) 등이 있다.

푸슈우웅! 용암에서 불덩이가 하늘로 치솟았다. 우르르 쾅! 하늘에서 번개가 내리쳤다. 번개와 불덩이가 바로 눈앞에서 충돌했다. 충돌은 거대한 숫자벽돌을 만들어 냈다. 숫자벽돌에 적힌 숫자는 0이었다. 0은 탄생하자마자 황금비 주변을 맹렬하게 돌더니 황금비가 밟고 선 가는 기둥에 달라붙었다. 숫자바위 0이 달라붙으면서 밟고 선 자리가 조금 단단해졌다.[11]

조금 뒤 다시 땅에서 불기둥이 치솟고 번개가 내리쳤는데 한참 아래에서 충돌했고, 거기서 탄생한 숫자바위가 −5였다. 잇달아 불기둥과 번개가 부딪치면서 −4, 7, −6, −11, 15, −17 등 무수한 숫자바위가 생겨났다.

마이너스 숫자바위는 불기둥과 번개가 황금비가 선 데보다 낮은 데서 충돌하면 생겼고, 플러스 숫자바위는 불기둥과 번개가 황금비가 선 데보다 위에서 충돌하면 생겨났다. 숫자바위가 늘어나자 바위끼리 충돌하기도 했다. 충돌한 바위들은 서로 힘겨루기를 하더니 분자와 분모로 서로 역할을 나누어서 분수가 되었다.

---

11 0에 담긴 3대 의미.
   ① 아무것도 없다는 의미
   ② 자릿수를 표시하는 의미(102에서 0은 십의 자릿수가 비었음을 의미한다.)
   ③ 음수와 양수의 기준점을 나타내는 의미. 음수 관념이 생기면서 음수와 양수를 나누는 기준점으로서 0이라는 의미가 확실해졌다.

음수와 양수, 양수와 양수, 음수와 음수가 만나 분수 형태로 이루어진 유리수가 수없이 많이 만들어졌다.[12]

그렇게 만들어진 숫자바위 중에서 일부는 0을 중심으로 일렬로 길게 늘어섰다. 만약 숫자바위들이 촘촘하게 들어섰다면 징검다리처럼 밟고 깊이 파인 계곡을 건너갈 수 있겠지만 안타깝게도 숫자와 숫자 사이가 지나치게 넓었다. 빠져나갈 방법이 막막했다. 어쩔 수 없이 메타버스에서 곧바로 로그아웃하려고 시도했지만 그마저도 제대로 되지 않았다. 메타버스에서 아바타 접속을 끊을 때는 정해진 지점에서 정해진 방법으로 해야만 했다. 가끔 접속장치 오류나 고장으로 인해 접속이 강제로 끊어지는 경우가 있기는 하지만, 그때는 로그인부터 끊어질 때까지 정보만 소실된다.

그러나 이런 비정상 상황에서 아바타 접속을 강제로 끊으면 아바타는 메타버스에서 주인을 잃은 채 그대로 남고 조종하는 연결은 완전히 끊어져 버리는 끔찍한 사고가 일어날 수도 있었다. 만일 그렇게 된다면 이제까지 쌓아 온 모든 것을 잃게 되고, 다시 메타버스에 들어가려면 처음 아바타를 만드는 단계부터 밟아야 한다. 그건 생각하기도 싫은 상황이었다.

---

12 유리수(有理數).
　　정수인 두 수 a와 b를 $\frac{a}{b}$ (단, $b \neq 0$)와 같은 형태의 분수로 표현한 수. 즉, 두 수의 비를 분수 형태로 나타낸 것이 유리수다. 예를 들어 사과를 다섯 조각으로 쪼갠 뒤에 그 가운데 하나의 크기를 표현할 때 $\frac{1}{5}$이란 분수 형태의 유리수가 되는데 이는 사과 한 조각과 전체 크기의 비를 표시한 것과 같다. 유리수는 소수(小數) 형태로도 표현 가능한데 분수인 $\frac{1}{5}$은 소수인 0.2와 크기가 같다. 유리수는 정수(자연수, 0, 음수)와 '정수가 아닌 유리수'로 구성된다. 따라서 모든 정수는 유리수다.

이러지도 저러지도 못하는데 하늘에서 황금비를 부르는 소리가 들렸다. 폭발이 일어날 때 사라져 버렸던 고난도였다. 황금비는 반가운 마음에 소리가 들리는 쪽에서 급히 고난도를 찾았다

황금비   어디야? 어디 있어?

고난도   뒤쪽이야! 위로 $60°$ 방향.

황금비가 몸을 뒤로 돌려 위를 쳐다봤다. 처음에는 안 보였으나 조금 뒤 숫자바위가 움직이는 사이로 우산을 든 고난도가 나타났다. 황금비는 반가운 마음에 손을 크게 흔들었다.

황금비   어떻게 된 거야?

고난도   나도 몰라. 폭발이 일어나고 정신을 차려 보니까 폭풍 한복판이었어. 겨우 번개를 피한 뒤에 우산을 들고 아래로 뛰어내린 거야.

고난도는 바람결에 따라 조금씩 흔들리며 천천히 아래로 내려왔다.

황금비   내가 있는 데로 올 수 있겠어?

고난도   안 그래도 그러려고.

고난도는 우산을 낙하산처럼 활용하며 방향을 조종하려고 했다. 그러나 공중에 떠다니는 숫자바위들과 수시로 일어나는 회오리 때문에 쉽지 않았다. 두 손으로 우산을 간신히 붙들고 있느라 아이템팔찌 속에 든 다른 도구를 활용할 수도 없었다. 황금비는 아이템팔찌를 열어 도울 만한 도구를 찾았으나 적당한 게 없었다. 전투무기 빼고는 아이템을 거의 들고 다니지 않기에 이럴 때 쓸 만한 도구가 없었다. 혹시나 해서 전투무기함을 열어서 무기를 꺼내려 했지만 실패였다. 황금비는 발만 동동 구르며 고난도가 무사히 내려앉기를 바랐다. 고난도는 몸을 좌우로 흔들면서 떨어지는 방향을 조정했다. 다행히 떨어지는 속도가 느렸기에 큰 위험에 처하지는 않았다.

고난도는 온갖 방법을 다 동원해 황금비가 서 있는 기준점 바위탑 위로 내려오려고 했다. 그러나 회오리에 휩쓸리면서 기준점 바위탑에서 조금 떨어진 곳에 있는 −2숫자바위에 내려서야만 했다. −2숫자바위와 기준점 바위탑이 떨어지긴 했지만 다행히 서로 얼굴을 확인할 수 있었다. 왜 그런지 모르지만 −2숫자바위는 허공에 뜬 채 단단히 정지해 있어서 안전했다. −2숫자바위와 기준점 바위탑 사이에는 −1숫자바위만 놓여 있었다. 기준점 바위탑 너머로 띄엄띄엄 숫자바위가 떠 있고, −2숫자바위 옆으로도 징검다리처럼 듬성듬성하게 숫자바위가 초원까지 이어져 있었다. 고난도는 −1숫자바위를 건너서 기준점 바위탑까지 가고 싶었지만 뛰어넘기에는 무리였다. 아이템팔찌를 열어서 자동차를 추적할 때 썼던 활을 꺼냈다.

화살을 시위에 메긴 뒤에 −1숫자바위를 향해 쏘았다. 화살은 정확하게 −1숫자바위에 맞았지만, 바위에 꽂히지 않고 튕겨 나갔다. 한 번 더 같은 방법으로 화살을 쏘았는데 이번에도 튕겨 나갔다. 그런데 그 화살이 주변을 빠르게 움직이던 $-\frac{5}{2}$숫자바위에는 그대로 꽂혔다. 숫자바위에 연결된 끈을 이용해 스파이더맨처럼 건너려고 했지만, 화살이 박힌 숫자바위가 심하게 흔들렸다. 혹시나 하는 마음에 강하게 잡아당기니 −1과 −2 사이의 빈 공간으로 끌려 내려왔다. 잠시 그곳에 자리를 잡고 있던 $-\frac{5}{2}$ 숫자바위는 같은 극을 만난 자석처럼, 바닥에 부딪힌 고무공처럼 위로 튕기더니 −2숫자바위와 −3숫자바위 한가운데로 정확히 떨어졌다. 그러고는 화살에 연결된 끈을 아무리 잡아당겨도 꿈쩍도 안 했다.

고난도   이게 어떻게 된 일이지?

황금비   전혀 안 움직여?

고난도   조금 전까지 마구 흔들리더니 −2와 −3 사이에 딱 자리를 잡으니까 꿈쩍도 안 해.

황금비   그 숫자바위가 $-\frac{5}{2}$였지?

고난도   응, 맞아.

황금비   −2와 −3 사이에 자리 잡고 꿈쩍도 안 한다면….

잠시 고민하던 황금비는 어떤 생각이 났는지 손뼉을 치며 풀쩍 뛰었다.

황금비 분수 형태인 $-\dfrac{5}{2}$ 를 소수 형태로 바꾸면 −2.5야.

고난도 −2.5가 −2보다 작고 −3보다는 크니까….

황금비 숫자바위는 자기 크기에 맞는 자리에 들어가면 흔들리지 않고 단단하게 자리를 잡는 거야.

고난도 그걸 이용하면 이 빈 공간을 메울 수 있겠구나!

상황을 파악한 고난도는 하늘을 떠다니는 숫자를 주의 깊게 확인했다. 일단 −2와 −1 사이에 들어갈 숫자바위를 잡아야 했다.

고난도 $-\dfrac{7}{3}$ 은 −2보다 작으니까 안 되고, $-\dfrac{1}{5}$ 은 −1과 0 사이이니까 안 되고, 저건 $-\dfrac{5}{4}$ 인데…, −2와 −1 사이 숫자가 맞아.

고난도는 화살을 메긴 뒤 $-\dfrac{5}{4}$ 숫자바위를 향해 쏘았다. 화살은 정확히 박혔고, 잡아당기자 쉽게 끌려왔다. $-\dfrac{5}{4}$ 숫자바위는 −2와 −1 사이로 집어넣으니 조금 흔들리다가 단단히 자리를 잡았다. −2숫자바위에서 $-\dfrac{5}{4}$ 숫자바위로 건너뛰기에는 거리가 아직 멀었다. $-\dfrac{5}{4}$ 숫자바위가 −1 쪽에 가깝게 붙어 있었기 때문이다. 두 숫자바위 사이를 메울 숫자바위가 더 필요했다. 때마침 머리 위로 $-\dfrac{7}{6}$ 숫자바위가 지나갔다. 재빨리 화살을 쏘아 붙잡았다. $-\dfrac{5}{4}$ 와 −2 사이에 끼워 넣으려고 했는데 튕겨 나갔다.

고난도   왜 안 들어가지?

황금비 $-\dfrac{7}{6}$ 이 $-\dfrac{5}{4}$ 보다 큰 숫자여서 그래.

고난도   크기 차이가 작아서 잘 모르겠어.

황금비   분모를 통분한 뒤에 분자 크기를 견줘 봐.[13]

고난도   통분하면 $-\dfrac{7}{6}$ 은 $-\dfrac{14}{12}$ 고, $-\dfrac{5}{4}$ 는 $-\dfrac{15}{12}$ 가 되고, 음수는 기준점인 0에서 멀리 떨어질수록 작은 수니까…. $-\dfrac{5}{4}$ 가 $-\dfrac{7}{6}$ 보다 작은 수네. 그럼 $-\dfrac{7}{6}$ 숫자바위를 $-\dfrac{5}{4}$ 와 -1 숫자바위 사이에 끼워 넣으면 되겠다.

고난도는 끈을 잡아당겼다 풀었다 하면서 숫자바위를 조종하는 방법을 익히더니 아주 능숙하게 $-\dfrac{7}{6}$ 을 $-\dfrac{5}{4}$ 와 -1 사이에 끼워 넣었다. 그러자 $-\dfrac{7}{6}$ 숫자바위가 단단히 자리를 잡았다.

요령을 터득한 고난도는 점점 능숙하게 숫자와 숫자 사이에 난 빈틈을 메웠고, 곧 -2 숫자바위에서 -1 숫자바위로 넘어갔다. 같은 방법으로

---

13   $-\dfrac{5}{4}$ 와 $-\dfrac{7}{6}$ 의 크기 견주기.

① 분모를 통분하려면 분모의 최소공배수를 먼저 찾아야 한다. 4와 6의 최소공배수는 12이다.

② 분모에 어떤 수를 곱하면 12가 되는지 찾고, 그 어떤 수를 분자와 분모에 모두 곱한다.
$-\dfrac{5}{4}$ 에서 분모인 4를 12가 되게 만들려면 3을 곱해야 한다. 따라서 분자와 분모에 모두 3을 곱하면 $-\dfrac{5}{4}$ 는 $-\dfrac{15}{12}$ 가 된다. $-\dfrac{7}{6}$ 에서 분모인 6을 12가 되게 만들려면 2를 곱해야 한다. 따라서 분자와 분모에 모두 2를 곱하면 $-\dfrac{7}{6}$ 는 $-\dfrac{14}{12}$ 가 된다.

③ 통분한 분수(유리수)의 크기를 견준다.
음수는 기준점 0에서 멀리 떨어질수록 작은 수이고, 양수는 기준점 0에서 멀리 떨어질수록 큰 수다. 양수일 경우에는 분자가 큰 $\dfrac{15}{12}$ 가 $\dfrac{14}{12}$ 보다 큰 수다. 그러나 음수는 그 반대이므로 $-\dfrac{15}{12}$ 는 $-\dfrac{14}{12}$ 보다 작다. $(-\dfrac{15}{12} < -\dfrac{14}{12})$

−1과 0 사이를 채워 넣은 뒤 황금비가 서 있는 기준점 0에 도착했다. 잠깐 떨어졌다 만났지만 둘은 몇 년은 헤어졌다 만난 사이처럼 반가워했다.

황금비   저기 초록 풀들이 펼쳐진 곳까지 이런 방식으로 건너가야 해.

고난도   길고 긴 수직선[14]을 완성해야 하네.

황금비   어쩔 수 없지. 현재로서는 그 방법밖에 없으니까.

고난도   그래. 해 보자. 화살은 얼마든지 있으니까.

황금비와 고난도는 함께 수직선을 메울 숫자를 찾아낸 뒤에 수직선을 하나씩 만들어 나갔다. 빈틈을 채워서 기준점 0에서 1로, 1에서 2로, 2에서 3으로 차근차근 건너갔다. 그러다 $\frac{10}{3}$을 3과 4 숫자바위 사이에 채워 넣을 때였다. 갑자기 엄청난 진동이 생기더니 하늘을 떠다니던 숫자바위들이 맹렬하게 움직이다가 수직선에 맞는 자리에 자동으로 끼어 들어갔다. 숫자와 숫자 사이에 빈틈이 빠르게 메워졌다. 여전히 많은 빈틈이 있었지만, 초원까지 건너기에는 충분했다. 고난도와 황금비는 있는 힘껏 수직선을 밟고 초원으로 뛰었다. 초원이 눈앞에 보이는데 갑자기 수직선을 이루던 바위들이 흔들리며 기준점이 된 바위부터 아래로 무너졌다. 숫자바위가 깨지면서 뿜어내는 굉음이 무시무시했다. 고난도와 황금

---

14 수직선.
　　직선 위에 기준이 되는 0을 원점으로 하고, 오른쪽에 양수, 왼쪽에 음수를 나타낸 표시법.

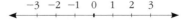

비는 온 힘을 다해 뛰었다. 아이템을 꺼내서 착용할 시간조차 없었다. 밟고 있던 바위가 무너지는 느낌이 들 때 고난도와 황금비는 힘껏 도약해 초원으로 뛰어내렸다. 둘은 절벽에서 벗어나 초원으로 더 걸은 뒤에 풀밭으로 쓰러졌다.

고난도   벗어났어!
황금비   그래. 벗어났어!

고난도가 생체물약을 꺼내더니 반쯤 마시고 황금비에게 건넸다. 생체물약을 먹자마자 알짜힘이 완전히 회복되었다. 막 일어서려는데 소란스러운 움직임과 날이 선 대화가 들렸다. 고난도와 황금비는 재빨리 일어나서 소리가 나는 데로 눈길을 돌렸다.

황금비   그 도둑들이다!
고난도   왜 저렇게 가만히 서 있지?
황금비   그러게. 손놀림이 꼭 장벽에 가로막힌 것 같네.
고난도   가 보자. 어쨌든 저렇게 꼼짝도 못 하니 잡기 쉽겠다.

황금비와 고난도가 다가갔다. 그들은 고난도와 황금비를 발견하고도 아랑곳하지 않고 주변을 향해 손을 휘둘렀다. 그들에게 가까이 다가간 뒤에야 고난도와 황금비는 그들이 투명한 사각 유리벽에 갇힌 걸 알아차렸다. 사각기둥으로 높이 솟은 유리벽은 아무리 때려도 깨지지 않을 만큼 강했다. 직사각형 유리벽 중 넓은 면 두 곳에 점멸등처럼 일정한 간격을 두고 숫자가 켜지고 꺼지기를 반복했다. 숫자는 계속해서 바뀌었고, 양면에서 불규칙하게 나타났다가 사라졌다.

하얀 아바타 얘들아! 반갑다.

온몸을 하얀색으로 두르고 마스크에 립스틱으로 빨간 입술을 그린 여성 아바타가 반갑게 손을 흔들었다. 그 옆에는 까만 옷으로 온몸을 두르고 두 눈만 내놓은 뚱뚱한 남성 아바타가 고난도와 황금비에는 눈길도 주지 않고 벽을 살피고 있었다.

황금비   당신들, 누구죠? 도대체 왜 자동차를 훔쳤어요?

하얀 아바타 일단 우리 좀 구해 주겠니?

황금비   우리가 당신들을 왜 구해 줘요? 메타버스 감시 AI에 당신들을 신고해야죠.

하얀 아바타 여기서는 어차피 신고도 안 돼.

황금비   흥! 거짓말하지 마세요.

고난도   금비야, 거짓말이 아니야. 통신 접속이 안 돼.

황금비   뭐라고? 그게 말이 돼?

하얀 아바타 우리를 구해 주면 상황을 설명해 줄 테니까, 우리 좀 구해 줘. 이 넓은 쪽 유리벽이 점점 줄어들고 있어. 이대로 가다간 우리 아바타가 사라지고 말 거야.

말도 안 된다고 쏘아붙이려는데 그 순간에 정말로 유리벽이 안으로 줄어들었다. 황금비와 고난도는 눈짓을 주고받았다. 그러고는 대화 설정을 귓속말로 바꿨다.

황금비	어떻게 할래?
고난도	일단 구해야지. 저대로 소멸하게 둘 수는 없잖아.
황금비	구해 주면 바로 도망갈 게 뻔해. 도망을 안 간다고 해도 우리한테 비밀을 제대로 알려 줄 리 없어.
고난도	그래도 일단 구해야지. 다른 방법이 없잖아.
황금비	좋아. 그렇지만 도망 못 가게 할 방법은 마련해 놓고 구하자.
고난도	한정판인 황금 사냥돌은 그때 그 도둑 때문에 잃어버렸지만, 사냥터에서 쓰던 사냥돌이 몇 개 있으니까 그걸 사용해서 묶어 버리자. 사냥돌에 한 번 발이 묶이면 내가 풀어 주거나, 일정한 시간이 지나지 않는 한 못 풀어.
황금비	좋은 생각이야. 그런데 어떻게 구하지?
고난도	그건 저들에게 물어봐야지.

둘은 대화 설정을 귓속말에서 일반 상태로 바꾸었다.

황금비	구해 드릴게요.
하얀 아바타	어머, 고마워. 역시 착한 애들이구나.
황금비	그런데, 우리가 어떻게 하면 당신들을 구해 줄 수 있죠?
하얀 아바타	그건, 그건 우리도 몰라. 이 사각 유리벽을 그자들이 우리한테 쏘았거든.
황금비	그자들이라니…, 그자들이 누구죠?
하얀 아바타	그자들은….
검은 아바타	비례요정! 너 뭐 하는 거야? 그걸 말하면 안 돼.

비례요정은 늘씬하고 균형 잡힌 몸을 표현하는 데 딱 맞는 이름이었다.

비례요정	아차차! 내 정신 좀 봐. 얘들아, 미안! 그건 밝히지 못해.
황금비	그럼 우리가 당신들을 구해 줘야 할 이유가 없네요. 어차피 당신들한테 아무런 말도 못 들을 테니까요.
비례요정	그들이 누구인지만 빼고는 대답해 줄게.
황금비	칫, 그걸 어떻게 믿어요?
비례요정	내 립스틱을 걸게.
황금비	립스틱을 걸어요?

비례요정은 아이템팔찌에서 빨간 립스틱 아이템을 꺼냈다.

비례요정	이건 내가 가장 아끼는 한정판 립스틱이야. 내가 만약 약속을 안 지키면 이 립스틱을 너희들에게 넘겨줄게.
황금비	쳇, 전 립스틱 아이템은 안 써요. 그리고 그따위 립스틱을 건 맹세를 누가 믿어요?
고난도	잠깐만! 그거 진짜 한정판 립스틱이에요?
비례요정	당연하지. 3년 전에 폐업한 구지롱 화장품에서 마지막 특별 행사에서 마지막 남은 립스틱 5개 중에 하나라고.
고난도	와! 그러면 진짜 한정판이잖아.
황금비	너, 미쳤어! 그리고 저 말을 믿어?
고난도	저거 다 사실이야. 구지롱 화장품에서 특별행사를 정말로 했단 말이야. 마지막 남은 5개란 말도 맞을 거야. 저 정도 한정판이면 초특급은 아니지만 가치가 충분해.
황금비	못 말린다, 정말!
고난도	구해 드릴게요. 그런데 저희가 어떻게 해야 하죠?
비례요정	그건… 나도 몰라.
고난도	방법을 모르는데 어떻게 구해요?
비례요정	그건 구해 주는 사람이 생각해야지. 우리가 알면 이렇게 속수무책으로 당하고 있겠니?

고난도는 비례요정이 든 립스틱을 주시하며 군침을 흘리더니 주먹으로 유리벽을 두드렸다. 맑고 깨끗한 소리가 났다. 세게 때리면 깨질 듯했

다. 쇠망치를 꺼내 강하게 때렸다. 여전히 맑은소리만 날 뿐 흠집 하나 나지 않았다. 도끼로 내리찍었다. 마찬가지로 꿈쩍도 안 했다. 위를 올려다보았다. 유리벽은 높이가 끝이 없었다. 밧줄을 던져서 꺼내는 방법도 쓸수 없었다. 황금삽을 꺼내서 땅을 팠지만 땅속까지 단단한 유리벽이 가로막고 있었다. 이래저래 구해 낼 방법은 없었다. 그 사이에 유리벽은 또다시 안으로 줄어들었고, 이제 비례요정이 두 팔을 벌리면 양 손끝에 닿을정도였다. 그 와중에도 넓은 벽에는 숫자들이 번갈아 가며 불규칙하게들어오고 있었다.

비례요정   애들아, 어떻게 좀 해 봐!

비례요정이 발을 동동 구르며 다급하게 소리쳤다. 그 사이에 벽은 또다시 줄어들었다. 이제 두 팔을 뻗을 수도 없었다. 그때 벽을 만지던 까만아바타가 조용히 중얼거렸다.

까만 아바타   숫자카드가 필요해.
비례요정   숫자카드라니… 너클리드, 너 방법을 찾았구나!

까만 아바타 이름은 너클리드였다. 유클리드[15]에서 '유'를 '너'로 바꾼 이름이었다. 수학탐정단 두레꾼인 '나우스'도 유명한 수학자인 가우스[16]를 살짝 변형해서 만든 이름인데 그것과 유사한 방식이었다.

너클리드   이건 절댓값 원리를 이용한 자석 함정이야.

비례요정   절댓값 원리라니?

너클리드   일정하게 들어오는 숫자를 봐. 아주 짧게 들어왔다가 사라지는데 양면에서 나타나는 숫자가 절댓값은 같고 기호가 반대야.

그 말을 듣고서야 고난도와 황금비는 유리벽에 나타나는 숫자를 눈여겨보았다. 마주하는 한 면에서 5가 나타나면 잠시 뒤 반대 면에서 −5가 나타났고, 한 면에서 $\frac{2}{3}$가 나타나면 잠시 뒤 다른 한 면에서 $-\frac{2}{3}$가 나타났다. 같은 형태의 변화가 끊임없이 이어졌다.

---

15   유클리드.

    고대 그리스 수학자로 정수론과 기하학 이론을 체계화한 〈유클리드 원론〉을 집필하였다. 유클리드는 원론에서 10가지 공리(증명이 필요 없는 당연한 원리)를 바탕으로 수백 가지 증명을 유도해낸다. 수학 이론이 어떤 체계를 갖춰야 하는지를 보여준 교범과 같은 책이 바로 원론이다. 오랫동안 수학역사에서 경전처럼 받들어졌으며, 그 가치가 오늘날에도 인정받고 있다.

16   가우스.

    수학의 왕자로 불린 독일 태생 수학자. 뉴턴, 아르키메데스, 유클리드, 오일러 등과 함께 가장 유명한 수학자다. 수학 역사에 다양한 업적을 남긴 위대한 수학자로 우리에게는 0부터 100까지 수의 합을 간단한 방법으로 구한 일화로 잘 알려져 있다.

고난도	정말 그러네.
황금비	그럼 이걸 어떻게 해체하죠?
너클리드	이 유리감옥은 0을 기준점으로 해서 절댓값[17]이 같고 기호는 반대인 두 수가 서로 끌리는 현상을 이용해서 만든 거야. 그러니 어떤 힘을 써도 깨뜨릴 수가 없어.
황금비	방법이 없다는 건가요?
너클리드	방법은 딱 하나야.

너클리드는 뜸을 들였다. 그 사이에 유리벽은 또 좁아졌고, 이제 비례요정 어깨가 유리벽에 닿았다.

비례요정	빨리 좀 해! 이러다 소멸되겠어.
너클리드	숫자카드가 필요해. 그런데 폭발 때 우리 가방도 박살나 버리는 바람에 숫자카드가 하나도 없어.
비례요정	뭐야? 맨날 들고 다니더니 하나도 없단 말이야?
너클리드	가방에 넣어 두었는데 탈출할 때 가방을 터트렸잖아.
비례요정	몇 장은 남겨 뒀어야지? 저들과 부딪히면 반드시 필요하다면서 늘 챙겨서 들고 다녔잖아?

---

17 절댓값.
   수직선 위에서 기준점 0과 어떤 수 사이의 거리를 나타내는 수를 절댓값이라고 한다. 기호는
   | |을 사용한다. −3의 절댓값 |−3| = 3, +3의 절댓값 |3| = 3이다.

너클리드   그러는 너는? 그 화장품이 잔뜩 든 아이템팔찌에 숫자카드
         몇 장 넣고 다니면 안 되냐?

비례요정   화장품은 내 자존심이야.

너클리드   그러니까 우리가 이 꼴을 당하지.

비례요정   화장품을 비난하지 마.

비례요정과 너클리드는 격렬하게 다퉜다. 그때 고난도가 조용히 끼어
들었다.

고난도   저기요. 혹시 이거면 되나요?

고난도는 초록카드 뭉치를 꺼냈다. 초록카드는 소인수분해를 한 수들
을 빨아들일 때 쓴 카드였다. 고난도가 초록카드를 가꾸로 돌리고, 카드
뒷면에 새겨진 점을 차례대로 누르자 소인수분해되어 빨려들었던 숫자
들이 쏟아져 나왔다.

너클리드   뭐야? 그거 어디서 났어?

비례요정   어디서 난 게 뭐가 중요해. 빨리 요령을 알려 줘.

너클리드   아, 그렇지. 그러니까 이쪽 면에 숫자가 나오면 절댓값은 같
         고 기호는 반대인 숫자를 재빨리 그쪽 유리면에 붙여야 해.
         그쪽 면에 숫자가 나타나기 전에….

황금비   그러면 어떻게 되죠?

너클리드   부호가 반대이고 절댓값이 같은 수는 0을 중심으로 균형을 이루고 있어서 강력한 거야. 그런데 숫자카드를 붙이면 바로 뒤에 나타난 수와 숫자카드에 적힌 수가 같은 수이기 때문에 강력한 반발력이 생겨서 유리벽이 깨질 거야.

그 사이에 유리벽이 또 줄어들었다. 비례요정과 너클리드는 몸을 옆으로 틀었다. 그대로 두면 몸이 납작해지는 건 시간문제였다.

비례요정   **빨리 해!**

비례요정이 귀가 찢어지도록 소리를 질렀다. 고난도는 초록카드에 담긴 숫자들을 쏟아 냈다. 바닥에 소인수들이 총총총~ 굴러다녔다.

황금비   여기는 양의 정수인 소인수밖에 없어. 그러니 저 반대쪽에 음의 정수가 나타날 때를 기다려야 해. 정수가 아닌 유리수가 나타나거나 양의 정수가 나타나면 대응할 숫자가 우리한테는 없으니까.

고난도와 황금비는 긴장한 채 숫자카드를 준비하며 반대쪽 유리면에 나타난 숫자에 주목했다. $13, \frac{6}{5}, -\frac{7}{11}, 3, \cdots$ 등 한동안 원하는 숫자가 안 나왔다. 다시 유리면이 안으로 줄어들었다. 비례요정과 너클리드 몸이 납작해졌다. 입도 열지 못했다. 긴장이 머리끝에서 발끝까지 전기신호로 흘렀다. 그때 −7이 떴다. −7은 절댓값이 7이다. 소인수분해해서 소수를 흡수한 초록카드에는 7이 많았다. 황금비와 고난도는 거의 동시에 −7을 확인했지만, 반응속도는 고난도가 더 빨랐다. 7을 붙이자 곧이어 유리벽에서도 7이 생성되었다. 7과 7이 만나자 유리벽이 보라색으로 점점 물들었다.

| 황금비 | 손놀림이 정말 빠르네. 전투행성에서 나보다 반응속도가 빠른 전사는 거의 만나 본 적이 없는데. |

황금비　　손놀림이 정말 빠르네. 전투행성에서 나보다 반응속도가 빠른 전사는 거의 만나 본 적이 없는데.
고난도　　한정판이 걸려 있잖아. 못 구하면 한정판이 날아간다고.
황금비　　넌, 정말, 미지수야, 미지수!

유리벽을 채운 보라색은 점점 진해졌다. 안이 전혀 보이지 않을 만큼 진해지더니 유리벽 전체가 지진이 난 듯이 강하게 진동했다.

황금비　　잠깐만… 이거… 전투행성에서….

보라색 유리벽에서 빛이 일렁이더니 벽이 숫자사슬로 변했다. 숫자사슬은 서로 얽히고설키더니 서로 밀고 당기기를 거듭했다. 시간이 지날수록 당기는 힘보다 미는 힘이 강해졌다.

황금비　　위험해!

　　황금비는 다급히 외치며 고난도를 껴안더니 바닥으로 뒹굴었다. 그와 동시에 보라색 숫자 사슬이 조각조각 깨지며 날카로운 파편이 사방으로 튕겨 나갔다. 허공에 뿌려진 유리 파편이 바닥으로 내리꽂혔고, 주변은 뿌연 보랏빛 안개로 뒤덮여 아무것도 보이지 않았다.

04. 역수의 함정

: 정수와 유리수의 계산 :

고난도 　또 폭발이라니….

황금비 　전투행성에서 저런 무기들과 부딪쳤을 때마다 마지막에는
　　　　늘 폭발했어.

고난도 　이거 어디 무서워서… 어, 이게 뭐야?

고난도가 옆으로 움직이려다 투명한 벽에 부딪혔다. 정육면체로 된 투
명한 유리 덮개가 둘을 둘러싸고 있었다.

고난도 　기껏 깨뜨려서 구했더니 우리가 갇힌 거야?

황금비 　다행히 형태는 비슷해. 한쪽 면만 숫자가 뜨는 게 다르긴 하

지만.

고난도   나한테 숫자카드도 남았고.

고난도가 노랑카드를 꺼냈다. 그때 유리벽 밖으로 비례요정과 너클리드가 나타났다. 그들은 고난도와 황금비를 슬쩍 보더니 그냥 가려고 했다.

고난도   저기요! 치사하게 그냥 가면 안 되죠?

비례요정   너희 스스로 빠져나올 수 있잖아. 아직 숫자카드도 있으면서….

고난도   그게 아니라 약속을 지켜야죠.

비례요정   미안! 비밀은 말해 줄 수 없어.

황금비   내가 저럴 줄 알았어.

고난도   그럼 한정판 립스틱을 넘겨주세요.

비례요정   이 립스틱은 내 자존심이야. 넘겨줄 수 없어.

고난도   메타버스에서는 구두 계약도 무조건 지켜야 해요.

비례요정   이건 내 립스틱이야. 네가 립스틱을 쓸 것도 아니잖아.

고난도   한정판이잖아요!

비례요정   칫! 그러니 더욱 안 되지. 우린 간다.

고난도   야, 도둑놈들아, 기다려!

고난도는 노랑카드 뒷면을 눌러서 숫자를 열었다. 유리벽에 절댓값이 같고 기호가 반대인 수가 나타날 때까지 기다렸다가 재빨리 해당하는 숫자카드를 유리벽에 붙였다. 깨질 줄 알았는데 유리벽은 그대로였다. 도리어 유리벽 안으로 강한 충격파가 전해지며 알짜힘만 줄어들었다.

황금비   이게 어떻게 된 거지?

고난도   제대로 붙였는데….

황금비   다시 해 보자.

이번에도 적당한 숫자가 나오길 기다렸다가 절댓값이 같고 기호는 반대인 수를 붙였지만 같은 일이 벌어졌다. 연타로 얻어맞으니 알짜힘이 눈에 띄게 감소했다. 망치를 꺼내서 유리벽을 향해 휘두르자 또다시 충격파가 일어나며 알짜힘이 줄어들었다. 비례요정과 너클리드는 점점 멀어졌다. 고난도가 그들을 향해 한정판 립스틱을 달라고 고래고래 소리를 질렀다. 고난도는 그들이 구해 주지 않는 것이 아니라, 한정판을 넘겨주지 않는 것에 화가 난 듯했다. 멀어지던 너클리드에게서 장거리 음성통신이 들려왔다.

너클리드   그 상자는 역수[18]를 써야만 해체가 돼.

---

18   역수.
     어떤 두 수의 곱이 1일 때 한 수를 다른 수의 역수라고 한다. $\frac{2}{3} \times \frac{3}{2} = 1$, 여기서 $\frac{2}{3}$ 는 $\frac{3}{2}$ 의 역수고, $\frac{3}{2}$ 은 $\frac{2}{3}$ 의 역수다.

황금비	역수를 쓰라니 그게 무슨…?
고난도	한정판 립스틱 내놔요.
황금비	지금 그게 중요해?
고난도	그럼 뭐가 중요한데?
황금비	미치겠다, 정말!
너클리드	방법은 이미 알려 줬잖아.
황금비	방법을 언제 알….

황금비가 말을 하는 도중에 장거리 음성통신이 뚝 끊겼다.

황금비	방법을 알려 줬다고? 이미…?
고난도	못된 도둑들! 반드시 한정판 립스틱을 가지고 말 거야.
황금비	역수를 쓰면 해제가 된다고 했고, 방법을 이미 알려 줬다면….
고난도	도둑을 믿는 게 아니었어.
황금비	아, 알았다! 절댓값 유리벽을 해체할 때와 같은 방법을 쓰라는 말이구나!
고난도	최상위는 아니지만 그래도 1등급이라 할 만한 한정판인데….

고난도는 얻지 못한 한정판에 집착하고, 황금비는 역수를 이용해 유

리벽을 깨뜨리는 방법을 찾으려고 집중했다. 유리벽에서는 빠른 속도로 숫자가 나타났다 사라지는 현상이 반복되었다. 짧은 순간에 역수를 찾아서 붙여야 했다.

황금비 우리가 가진 카드에 담긴 숫자는 소인수분해를 해서 얻은 소수라서 다 양의 정수야. 그러니 유리벽에 음수가 나오면 어떤 숫자카드를 써도 1을 만들어 내지 못해.[19] 그러면 양의 유리수 가운데 소수를 분모로 하고 분자는 1인 수가 나와야 해.[20] 그래야만 곱해서 1이 되니까….

황금비는 혼자 중얼거리며 해결책을 찾았다. 그러나 아무리 기다려도 분자가 1이고 분모는 소수인 분수는 나타나지 않았다. 도리어 어느 순간부터 계속해서 음수만 나왔다. 시간은 흐르고 충격파가 이어지면서 알짜힘은 계속해서 줄어들었다. 이대로 가다가는 모든 알짜힘을 잃고 소멸할지도 모른다는 위기감이 밀려들었다.

---

19 마이너스(−) 곱하기 플러스(+)는 마이너스(−)다. −3과 2를 곱하면 −6이다. 왜 마이너스 곱하기 플러스는 마이너스일까? 이걸 알려면 곱셈이 무엇을 뜻하는지 이해하면 된다. 곱셈은 덧셈의 변형이다. 예를 들어 3+3+3+3은 3을 4번 더한 것인데, 이를 곱셈으로 표시하면 3×4가 된다. 따라서 (−3)×4는 (−3)+(−3)+(−3)+(−3)과 같은 의미다. (−3)을 네 번 더하므로 당연히 결과는 음수다. 따라서 마이너스 곱하기 플러스는 음수가 된다.

20 $\frac{1}{3}$의 역수는 $\frac{3}{1}$이고($\frac{1}{3} \times \frac{3}{1} = 1$), $\frac{3}{1}$은 3과 같으므로 $\frac{1}{3}$의 역수는 3이다.

고난도 아까워, 아까워. 모처럼 1등급 한정판을 만났는데….

황금비 그만 좀 해! 지금 충격파 때문에 알짜힘이 계속 줄어들잖아!

고난도 칫, 역수를 찾기만 하면 되는데 뭐가 문제야?

황금비 역수를 쓰면 된다고 했는데 지금 계속 음수만 나와. 음수인 수에는 음수를 곱해야 1이 나오는데 우리한테는 음수가 없어.[21] 지금 $-\frac{3}{2}$이 나왔으니까 역수는 이 $-\frac{2}{3}$고, $-\frac{1}{5}$이 나왔으니 역수는 -5야. 그냥 음의 분수가 아니더라도 그냥 음의 정수만 있어도 어떻게 해보겠는데…….

고난도 난 또 뭐라고.

고난도는 새로운 노랑카드를 꺼내더니 뒷면에 그려진 동그라미를 토도독 두드렸다. 그러자 소인수분해로 흡수한 소수들이 마이너스 기호를 단 채 투두둑 떨어졌다.

---

21 $-\frac{2}{3}$의 역수는 $-\frac{3}{2}$이다. $\left\{\left(-\frac{2}{3}\right)\times\left(-\frac{3}{2}\right)=1\right\}$

마이너스 곱하기 마이너스는 왜 플러스가 되는 걸까?

⇒ 증명

$(-x)\times0=0 \ (x\neq0)$

$(-x)\times(a-a)=0 \ (a\neq0)$

곱셈의 분배법칙을 적용하면

$\{(-x)\times a\}+\{(-x)\times(-a)\}=0$

$(-x)\times a$는 음수이므로 이 계산이 0이 되려면 $(-x)\times(-a)$는 양수가 되어야 함.

예를 들어, $x=3$, $a=2$이면 $\{(-)3\times2\}+\{(-3)\times(-2)\}=-6+6=0$

따라서 음수 곱하기 음수는 양수.

고난도   됐지?

황금비   넌 도대체….

고난도   칭찬은 됐어. 빨리 부숴. 그 도둑한테 반드시 한정판 립스틱
          을 되찾고 말 거야.

황금비는 숫자 변화를 관찰하다가 유리벽에 $-\dfrac{1}{7}$ 이 나타나자 반대편
유리벽에 -7 숫자 카드를 재빨리 붙였다. 유리벽이 파르르 떨리더니 머
리 위에서 숫자 1이 나타난 뒤에 소멸하였다.

황금비   됐다!

고난도   빨리 쫓아가자.

황금비   시간이 꽤 흘렀어. 이미 한참 벗어났을 거야.

고난도   그래도 포기 못 해.

고난도는 비례요정과 너클리드가 사라진 방향으로 뛰어갔다. 황금비
는 내키지 않았지만 어쩔 수 없이 뒤를 따랐다. 예상과 달리 비례요정과
너클리드는 얼마 떨어지지 않은 곳에 있었다.

고난도   저기 있다! 얼마 못 갔어.

고난도는 비례요정을 향해 쏜살같이 달렸다.

황금비   잠깐 멈춰! 아무래도 이상해!

황금비가 다급히 말렸지만, 고난도는 들은 척도 하지 않았다. 황금비는 이상한 낌새를 느끼면서도 어쩔 수 없이 고난도 뒤를 따라야 했다.

고난도   이, 이, 이게 뭐야?

몇 걸음만 더 가면 비례요정이 있는데 갑작스럽게 비례요정이 사라져 버렸다. 어리둥절해하고 있는데 바닥이 빙글빙글 돌더니 위로 떠올랐다. 원반 밖으로 뛰어내리려고 했지만 강하게 당기는 힘 때문에 발이 떨어지지 않았다. 회전원반은 점점 떠올라 초원이 까마득하게 아래로 보일 만큼 하늘로 치솟았다. 초원에서 수백, 수천만 개가 넘는 숫자와 기호들이 메뚜기 떼처럼 떠오르더니 원반 주위를 새카맣게 뒤덮었다. 워낙 숫자가 많아서 바깥 풍경이 보이지 않을 정도였다.

비례요정이 원반 위에 다시 나타났는데 몸이 고무줄처럼 쭉 늘어나 다섯 배로 커졌다. 숫자 떼가 메뚜기처럼 달라붙자 몸이 유리원반 아래로 내려갔다가 다시 위로 올라오더니 이번에는 쑥 줄어들어 손바닥만 한 크기가 되었다. 비례요정은 숫자 떼가 몸에 달라붙을 때마다 몸이 고무줄처럼 커지거나 줄어들었으며, 종종 유리원반 아랫면으로 몸이 내려가기도 했다. 내려가서도 크기가 줄어들었다 커지기를 반복했다. 너클리드도 나타났는데 비례요정과 똑같은 일을 당했다.

고난도	키가 왜 저렇게 변하지?
황금비	아무래도 메뚜기 떼처럼 날아다니는 숫자 때문인 것 같아.
고난도	이건 〈이상한 나라의 앨리스〉에서 몸이 줄었다 늘어나는 거랑 똑같네.

〈이상한 나라의 앨리스〉에서 토끼를 쫓아간 앨리스는 병에 담긴 물을 마시자 몸이 줄어들고, 케이크를 먹자 몸이 커진다. 거대한 몸집이 된 앨리스는 슬퍼서 펑펑 우는데 몸이 다시 줄어든 뒤에는 자신이 흘린 눈물 웅덩이에 빠지기도 한다. 지금 눈앞에서 펼쳐지는 현상은 〈이상한 나라의 앨리스〉에 나온 그 장면과 똑같았다.

| 황금비 | 조심해! |

숫자와 기호가 떼를 이루어 날아들자 황금비는 고난도를 붙잡고 옆으로 굴렀다. 강렬한 충돌을 일으킨 숫자와 기호 떼는 사방으로 흩어지더니 유리 바닥에 흡수되며 사라졌다.

| 고난도 | 고마워. 큰일 날 뻔했네. |
| 황금비 | 전투행성에서는 이런 공격이 흔해. |

비례요정과 너클리드는 숫자와 기호 떼에 둘러싸여 시시각각으로 위

치와 크기가 변했다. 지켜보는 눈이 어질어질할 지경이었다. 숫자 떼에서 일부 무리가 떨어져 나오더니 황금비와 고난도를 향해 무섭게 다가왔다.

황금비   아무래도 조짐이 안 좋네.

고난도   그러게. 우리도 저 꼴을 당해야 한다니….

고난도는 아이템팔찌를 열어 방어에 사용할 만한 도구가 있는지 찾았다.

황금비   피해!

황금비가 다급히 외쳤다. 고난도가 아이템팔찌에서 적당한 도구를 찾아낼 틈이 없었다. 수식과 기호가 한 묶음이 되어 화살처럼 날아왔다. 몇 번은 바닥으로 굴러서 피했지만, 뒤에서 날아오는 화살은 피하지 못했다. 강한 충격이 일더니 고난도 몸이 쑤~욱 줄어들었다.

고난도   으악, 내 몸이 줄었어!!!

황금비   곱하기(×)가 화살촉이고, 육분의 일 더하기 삼분의 일($\frac{1}{6}+\frac{1}{3}$)로 이루어진 수식이 화살대였어. 수식을 계산한 결괏값인 $\frac{1}{2}$ 만큼 네 몸이 줄어든 거야.[22]

---

22 $\frac{1}{6}+\frac{1}{3}=\frac{1}{6}+\frac{2}{6}=\frac{3}{6}=\frac{1}{2}$

화살은 황금비도 노리며 날아왔지만, 황금비는 믿기 어려운 몸놀림으로 모조리 피했다. 전투행성을 누비던 으뜸 전사다운 날렵함이었다.

고난도　　원래 몸으로 돌아가려면 어떻게 해야 해?

황금비　　곱하기와 숫자 2가 필요해.

고난도　　역수를 곱해서 1로 만드는 원리와 같구나.

또다시 기호와 수식으로 이루어진 화살이 날아왔다. 화살은 정확히 고난도와 황금비를 노렸다. 황금비는 화살을 잽싸게 피했으나 고난도는 화살이 날아오는지 눈치도 못 채고 얻어맞았다.

황금비　　이번에도 화살촉은 곱셈이고, 수식은… $\frac{4}{3} \times (\frac{3}{5} + \frac{3}{2})$이야.

고난도　　그걸 계산하면… 5분의 3과 2분의 3을 통분해서….

황금비　　5분의 4 더하기 2니까 5분의 14네. 아무래도 네 몸이 원래보다 조금 더 커지겠어.

황금비가 계산한 대로 고난도 몸은 점점 커져서 황금비가 올려다봐야 할 크기가 되었다.

고난도　　어 맞네. 어떻게 그렇게 빨리 계산했어?

황금비   곱셈의 분배법칙을 사용했어.[23] 수식의 형태를 보니까 분배
         법칙을 쓰면 하면 빨리 될 것 같아서.[24]

또다시 화살이 날아왔다. 이번에도 황금비는 피했지만 고난도는 피하
지 못했다.

고난도   어, 어, 이상해. 몸이 왜 이러지?

고난도 몸이 점점 줄어들더니 유리회전판으로 몸이 스며들었다.

황금비   곱셈 화살촉에 수식은 $(-\frac{1}{4}) \times \frac{3}{2}$ 이야. 계산 값이 $-\frac{3}{8}$ 이라
         서 그래. $\frac{3}{8}$ 이니까 크기는 줄고, 기호는 마이너스이니 기준
         점(0)인 이 유리판 반대 방향으로 내려가는 거야. 위로 다시
         올라오려면 마이너스를 다시 곱해야 해. 마이너스 곱하기 마
         이너스는 플러스니까.
고난도   어떻게 좀 해 봐. 감각이 이상해.

---

23 곱셈의 분배법칙 : $a(b+c)=ac+ab$
    ⇒ 증명
    $4 \times (3+2)$가 있다고 하자. 곱셈은 덧셈의 확장이므로 $4 \times (3+2)$는 $(3+2)+(3+2)+(3+2)$
    $+(3+2)$와 동일하다. 3은 3끼리 묶고, 2는 2끼리 묶으면 $(3+3+3+3)+(2+2+2+2)$가 된다. 이
    를 정리하면 $(4 \times 3)+(4 \times 2)$이다. 따라서 분배법칙이 성립한다.
24 $\frac{4}{3} \times (\frac{3}{5}+\frac{3}{2})=(\frac{4}{3} \times \frac{3}{5})+(\frac{4}{3} \times \frac{3}{2})=\frac{4}{5}+2=\frac{4}{5}+\frac{10}{5}=\frac{14}{5}$

황금비는 날아오는 화살을 피하면서 해결책을 계속 찾았다. 그때 고난도가 비명을 지르더니 다시 유리회전판 위로 나타났다. 그런데 몸이 엄청나게 커졌다. 고난도 몸에는 $(-3)^3$이란 수식이 붙어 있었다.

황금비　　−3을 세제곱 하면 기호는 마이너스, 수는 27이 되는구나. 마이너스 기호 덕분에 다시 기준점 위(플러스)로 올라오긴 했는데, 절댓값이 27이다 보니 27배로 커져 버렸어. 저러다 또 커지는 화살을 맞으면 알짜힘이 아바타를 유지하지 못하고 무너져 버릴지도 몰라.[25]

　그때 황금비를 향해 화살 하나가 날아왔다. 그 화살은 곱셈 화살촉에 수식은 $(-0.4)-(-0.3)$이었다.

황금비　　저 수식을 계산하면… -0.1이네.[26]
　　　　　기준점 아래(마이너스)로 내려가겠지만, 고난도 몸집을 줄이려면 저 화살에 맞게 하는 게 좋겠어.

25　제곱 횟수에 따른 기호.
　　(음수×음수)는 양수이므로 음수를 홀수 번 제곱하면 음수, 짝수 번 제곱하면 양수가 된다.

26　$(-0.4)-(-0.3)$. $-(-0.3)$ 은 $(-1)×(-0.3)$ 로 표시할 수 있다. 마이너스 곱하기 마이너스는 플러스이므로 $(-1)×(-0.3) = +0.3$이다. 소수는 분수 형태로 바꾸어 계산하면 편하다. 0.4 는 $\frac{4}{10}$, 0.3은 $\frac{3}{10}$. 따라서 $-0.4+0.3$은 $\frac{-4+3}{10} = \frac{-1}{10}$ 이고, 답은 -0.1이다.

황금비는 자신에게 날아오는 화살을 손으로 잡으려고 했다. 화살이 가까이 다가오자 몸을 옆으로 튼 뒤에 한 손을 쭉 뻗어 화살대를 움켜쥐었다. 허공에서 화살대를 잡았기에 손에 아릿한 통증이 일었다. 붙잡힌 화살은 심하게 요동을 치며 손아귀에서 벗어나려 했다. 황금비는 두 손으로 화살을 움켜쥐고는 몸을 빠르게 회전시켜 화살이 고난도를 향해 날아가도록 했다. 고난도 몸이 워낙 커서 화살이 빗나갈 가능성은 없었다. 화살은 정통으로 고난도에 맞았고 예상대로 몸이 줄어들더니 기준점 아래로 내려갔다. 다행히 내려가자마자 화살촉은 곱셈이고 수식은 $(-\frac{2}{3})^2 \times (-\frac{3}{2})^3$인 화살을 얻어맞고 다시 위로 올라오며 살짝 커졌다.[27]

황금비　　괜찮아?

고난도　　아니, 안 괜찮아. 정신이 하나도 없어. 알짜힘도 마구 소진이
　　　　　되고. 내 아바타가 통제가 안 돼.

그때 화살이 또다시 날아왔는데 이번에는 조금 달랐다. 이제까지 화살은 모두 화살촉이 곱셈이었는데 이번에는 나눗셈 기호를 달고 있었다.

27　$(-\frac{2}{3})^2 \times (-\frac{3}{2})^3$ 계산하기.
　　음수가 끼어 있는 수를 계산할 때는 기호 값이 음수인지, 양수인지 먼저 정하고 나중에 숫자들을 계산하는 것이 좋다. 연산 과정에서 가장 많이 일어나는 실수가 부호를 잘못 쓰는 것이므로 기호 계산을 먼저 하면 실수를 줄일 수 있다. $(-\frac{2}{3})^2$는 음수를 두 번 곱하므로 양수. $(-\frac{3}{2})^3$은 음수를 세 번 곱하므로 기호가 음수. 그래서 전체 기호는 마이너스. 기호는 빼고 숫자들만 계산하면 $\frac{2}{3}$가 2개, $\frac{3}{2}$이 3개이므로 분모와 분자를 약분하면 값은 $\frac{3}{2}$.
　　그래서 계산값은 $-\frac{3}{2}$.

워낙 한꺼번에 쏟아져서 황금비는 자기 몸을 피하기에 급급했고, 고난도
는 제대로 피하지도 못하고 숫자가 $\frac{1}{4}$인 화살에 얻어맞았다.

고난도　　뭐야, $\frac{1}{4}$인데 왜 몸이 커지지?

황금비　　화살촉이 나눗셈이어서 그래.

고난도　　분수의 나눗셈이어서 역수를 곱한 거구나.[28]

그때 아주 긴 수식을 단 화살이 또다시 나눗셈 화살촉을 달고 고난도
몸에 박혔다. 수식은 $-(\frac{1}{2})^2-[(\frac{3}{8}-\frac{1}{8})\div\frac{1}{2}+(-\frac{1}{3})\times(-\frac{3}{2})]$이었다.

고난도　　이건 뭐야? 왜 이렇게 수식이 길어? 이번에는 어떻게 되는
　　　　　거지?

황금비　　잠깐만… 첫째, 거듭제곱을 먼저 계산하고, 둘째, 괄호가 있
　　　　　으면 소괄호, 중괄호, 대괄호 순으로 계산하고, 셋째, 곱셈과
　　　　　나눗셈은 덧셈과 뺄셈보다 먼저 계산하고, 마지막으로 덧셈

28　분수의 곱셈 : $\frac{a}{b}\times\frac{n}{m}=\frac{an}{bm}$

　　분수의 나눗셈 : $\frac{a}{b}\div\frac{n}{m}=\frac{a}{b}\times\frac{m}{n}=\frac{am}{bn}$

　　두 수의 곱이 1이 될 때 한 수를 다른 수의 역수라 하는데, 분자와 분모의 위치를 서로 바꾸
　　어 놓으면 역수가 된다. 분수의 나눗셈을 할 때는 역수로 바꾼 뒤 곱셈을 한다.

　　⇒ 증명

　　　$\frac{b}{a}\div\frac{n}{m}$을 분수로 바꾸면 $\frac{\frac{b}{a}}{\frac{n}{m}}$. 분모와 분자에 같은 수를 곱해도 크기는 변하지 않으므
　　로 분모와 분자에 각각 $\frac{m}{n}$을 곱하면.

　　　$\frac{\frac{b}{a}\times\frac{m}{n}}{\frac{n}{m}\times\frac{m}{n}}=\frac{\frac{b}{a}\times\frac{m}{n}}{1}=\frac{b}{a}\times\frac{m}{n}$. 따라서 $\frac{b}{a}\div\frac{n}{m}=\frac{b}{a}\times\frac{m}{n}$

과 뺄셈을 계산하면 돼.[29]

고난도   그래서 결과가….

황금비   기다려 봐… 음… $-\dfrac{5}{4}$이야.

고난도   그럼 또 저 아래로….

고난도가 채 말을 끝마치기도 전에 몸이 기준점 아래로 내려갔다. 아래로 사라졌던 고난도 몸은 그 자리에서 커졌다 줄어들었다를 몇 번이나 반복했다. 그러다 갑자기 유리회전판 전체가 흔들리며 거대한 진동이 생겨났다. 날아다니는 숫자와 기호, 수식들도 모조리 흔들렸고, 유리회전판 전체에 금이 갔다. 심지어 아바타마저 강력한 진동에 휩싸이더니 조각조각 부서지려고 했다. 주변을 이루는 모든 세계가 부서질 듯했다.

황금비   내… 아바타가… 사라지고 있어.

---

29 왜 곱셈을 덧셈과 뺄셈보다 먼저 계산해야 할까?
그 이유는 곱셈의 정의 때문이다. 5+4×3에서 4×3은 4+4+4이다. 따라서 5+4×3=5+4+4+4가 되고, 값은 17이다. 그런데 5+4×3에서 만약 5+4를 먼저 계산하면 값이 27이 된다. 이는 5+4×3은 5+4+4+4라는 정의에 어긋나는 결과다. 따라서 곱셈을 먼저 계산해야 한다. 그렇다면 나눗셈은 왜 덧셈과 뺄셈보다 먼저 계산해야 할까? 그 이유는 두 가지인데, 하나는 나눗셈은 역수의 곱으로 곱셈과 같기 때문이고, 다른 하나는 나눗셈은 분수와 같기 때문이다. 예를 들어 5+4÷3에서 4÷3은 $\dfrac{4}{3}$와 같다. 즉 4÷3은 $\dfrac{4}{3}$라는 하나의 분수인 것이다. 따라서 나눗셈도 덧셈과 뺄셈보다 먼저 계산해야 한다.

통제권이 사라지고 아바타는 점점 실체도 없이 흐릿해져 갔다. 아바타 뿐 아니라 주변 공간 전체가 사라지고 있었다. 쾅~~~! 굉음과 함께 흔들림이 멈추며 모든 게 정상으로 되돌아왔다. 정상이라고 해 봤자 조금 전과 같은 상태였지만 그래도 사라져 버리는 것보다는 나았다. 다시 화살 공격이 이어졌고, 고난도 몸이 유리회전판 위로 올라왔다. 고난도 몸은 정확히 처음 크기로 돌아와 있었다. 화살은 더욱 거세게 쏟아졌기에 황금비는 자신에게 쏟아지는 화살을 피하기에도 벅차서 고난도에게 말을 걸지도 못했다. 그런데 수많은 화살이 고난도를 때렸음에도 고난도는 아무런 변화가 없었다. 고난도는 여유롭게 웃으며 쏟아지는 화살을 그대로 맞았다. 황금비는 비처럼 쏟아지는 화살을 피하며 고난도에게 다가갔다.

황금비   뭐야? 어떻게 된 거야?

고난도는 대답은 하지 않고 황금비에게 숫자 하나와 기호 하나가 적힌 노랑카드를 건넸다. 날아다니는 숫자와 기호를 포획한 카드였다.

황금비   곱하기 영(0), 0으로 곱한다고? … 아… 그렇구나. 0으로 곱
           하면 그 어떤 수식이나 숫자든 모조리 0이 되니까 아바타를
           변화시킬 수가 없구나.
고난도   어떻게 하면 이 공격을 피할까 생각하다가 문득 떠올랐어. 0
           은 쉽게 구했는데 곱셈 기호를 구하지 못해 애를 먹었어. 그

러다 나눗셈이 날아와서 붙잡았는데 0으로 나누려고 하니

전체가 깨지려고 했어. 조금 전에 네가 겪었던 희한한 현상

은 0으로 나누려고 하는 바람에 벌어지는 일이었어. 0으로

나누면 모든 걸 파괴한다는 걸 깨닫고 얼른 나눗셈 기호는

버렸지. 그러고서 간신히 곱하기 기호를 붙잡았는데, 해 보니

까 역시 내 예상대로였어.[30]

황금비   다행이다.

더는 화살 공격을 염려하지 않아도 되자 주변에서 일어나는 변화가

눈에 들어왔다. 유리회전판을 중심으로 숫자와 기호들이 얽히고설키며

---

30 왜 0으로 나누면 안 될까?

　　예를 들어 $\frac{a}{0}=b(a\neq0)$ 란 식이 있다고 해보자. 그러면 이 식은 $a=b\times0$과 같은 의미다. 그런
　　데 어떤 수든 0을 곱하면 무조건 0이 나온다. 그런데 $a\neq0$이라고 했으므로, 이 수식은 성립
　　하지 않는다. 따라서 어떤 수도 0으로 나눌 수 없다.

　　그러면 $\frac{0}{0}$=?
　　0을 0으로 나누면 어떻게 될까?

　　첫째 접근. 같은 수를 같은 수로 나누면 1이다.
　　$\frac{0.01}{0.01}$=1, $\frac{0.00001}{0.00001}$ = 1, $\frac{0.00000000001}{0.00000000001}$=1. 따라서 $\frac{0}{0}$=1이라고 할 수 있다.

　　둘째 접근. 0을 어떤 수로 나누든 값은 0이다.
　　$\frac{0}{0.01}$=0, $\frac{0}{0.00001}$ =0, $\frac{0}{0.00000000001}$=0. 따라서 $\frac{0}{0}$ =0이라고 할 수 있다.

　　이처럼 $\frac{0}{0}$은 1도 되고 0도 되기에 수학으로 정의할 수 없는 계산이다.
　　따라서 어떤 경우에도 0으로 나눌 수 없으며, 나누어서도 안 된다.

조금씩 형체가 만들어졌다. 처음에는 어떤 형태인지 알아보기 힘들었지만 하나씩 하나씩 모습을 갖추면서 전체 윤곽이 드러났다.

황금비　　　이건… 비행선이야. 폭발로 깨졌던 비행선이 다시 제 모습으로 돌아가고 있어.

고난도　　　이 비행선을 잘 살피면 범인들을….

말을 이어가던 고난도는 어떤 것을 발견한 듯 펄쩍 뛰더니 바람처럼 뛰어갔다. 조금 전에 무수히 쏟아지던 화살조차 거뜬히 피해 낼 만한 빠르기였다.

황금비　　　야, 어디 가?

황금비는 고난도를 눈으로 쫓다가 그렇게 뛰어가는 까닭을 금방 알아차렸다. 고난도가 뛰어가는 방향에 비례요정과 너클리드가 있었기 때문이다. 그들은 비행체에서 벗어나려고 하는 중이었다. 고난도는 비례요정에게서 한정판 립스틱을 기어코 받고 말겠다는 의지로 쏜살같이 달려갔다. 그러나 고난도는 이번에도 그 목적을 이루지 못했다.

비례요정　　　살아남았구나. 다행이다.

비례요정은 뛰어오는 고난도에게 가볍게 손을 흔들어 주고는 비행체에서 뛰어내렸다. 비행체가 워낙 높은 하늘에 떠 있어서 고난도는 비례요정을 잡으러 뛰어내리지 못했다. 비례요정과 너클리드는 작은 날개옷을 펄럭이며 비행체에서 멀어져 갔다.

05. 미지수지를 위한 거래

: 문자의 사용과 식의 계산 :

고난도는 발을 동동 구르며 멀어지는 비례요정을 향해 고래고래 소리를 질러 댔다. 출입구에 바짝 다가간 고난도는 아이템팔찌에서 보자기를 꺼내더니 낙하선처럼 위로 펴서 저항력을 시험했다. 여차하면 보자기만 편 채로 뛰어내릴 기세였다. 황금비가 재빨리 말리지 않았다면 고난도는 불에 뛰어드는 나방과 같은 짓을 서슴없이 저질렀을지도 모른다. 그만큼 한정판 립스틱을 향한 집착은 강렬했다.

고난도   놔. 말리지 마! 쫓아가서 잡을 거야.

황금비   이미 멀리 갔어. 여기서 보자기만 들고 뛰어내렸다가는 모든 알짜힘을 잃고 소멸될 거야. 지금 네가 가진 모든 한정판 아이템을 다 잃고 싶다면 그렇게 해.

한정판 아이템을 잃는다는 경고는 확실히 효과를 발휘했다. 고난도는 힘겹게 진정을 하고 출입문에서 한 걸음 물러났다. 열렸던 출입문이 서서히 닫혔고, 고난도와 황금비는 비행선 안에 갇혔다.

황금비	일단은 이 비행선에서 벗어나는 게 급선무야.
고난도	이건 우리가 개발한 게임을 훔치고, 미지수지 아바타까지 납치한 놈들이 운영하는 비행선이겠지?
황금비	그렇겠지. 그나저나 비례요정과 너클리드가 이 비행선을 움직이는 자들과 무슨 관계인지 모르겠어.
고난도	내 생각에는 같은 패거리 같지는 않아.
황금비	그렇긴 한데 아무 관계가 없다고 하기에는 이상한 점이 많아.
고난도	너클리드는 이들이 사용하는 기술을 아주 잘 아는 듯했어.
황금비	비행선이 너클리드와 비례요정을 공격하기도 했고.
고난도	고민은 잠시 접어 두고, 벗어날 방법을 찾아보자.

고난도가 비행선 벽을 주먹으로 강하게 쳤지만, 충돌음조차 들리지 않았다. 비행선 벽과 천장은 타원형으로 이어졌는데, 색은 산소와 반응한 철처럼 검붉었다. 발을 딛고 선 바닥은 처음과 똑같은 유리여서 아래쪽이 투명하게 보였다. 유리 너머로 보이는 아래쪽 천장도 형태는 위쪽과

마찬가지로 타원형이었다. 비행선 중심에는 원기둥이 천장 꼭대기에서 바닥까지 뻗어 있는데 원기둥은 불투명한 보라색이어서 안쪽이 전혀 보이지 않았다.

고난도와 황금비는 빠르게 회전하는 원기둥을 중심에 놓고 비행선 안을 한 바퀴 돌았다. 처음 자리로 돌아왔지만, 생김새는 구분이 힘들 만큼 똑같았다. 혹시 몰라 외벽을 꼼꼼하게 다 살폈지만, 원기둥과 마찬가지로 작은 틈새조차 발견하지 못했다. 비행선은 회전하는 원기둥을 빼면 움직임이 느껴지지 않았다. 하늘을 나는지, 어디에 착륙했는지, 아니면 가만히 떠 있는지 감각으로는 파악하기 불가능했다.

황금비	빈틈이라고는 한 군데도 없어. 처음에 너클리드가 빠져나간 곳도 문이 열린 흔적조차 없어.
고난도	갑갑하네.
황금비	아무래도 탈출할 방법을 찾으려면 저 원기둥 안으로 들어가야 할 듯한데….
고난도	깨뜨려 볼까?
황금비	그럴 만한 도구가 있어?
고난도	무기는 없지만 강한 위력을 발휘한….

고난도는 뒷말을 흐리면서 카드를 꺼내 들었다. 모든 화살을 무력화했던 '곱하기0카드'(×0카드)였다.

이걸 원기둥에 대면 어떤 변화가 생기지 않을까?

황금비   글쎄…. 어떻게 될지 모르지만, 막연하게 기다리며 어떤 시
        도도 안 하는 것보다는 낫겠지.

고난도가 '×0카드'를 꺼내서 원기둥에 갖다 대자 기둥에서 반발력이
일어났다. 면을 대보기도 하고 옆면으로 그어 보기도 하고, 힘을 주어 밀
어 보기도 했지만, 원기둥은 미는 힘만큼 카드를 밖으로 튕겨 냈다. 혹시
나 해서 뒷면을 밀착시켜 보았지만, 더 강한 반발력만 일어났다.

황금비   실패네.

고난도   쩝! 작은 변화라도 생길 줄 알았는데….

고난도는 거칠게 카드를 집어서 아이템팔찌에 넣으려고 하다가 반발
력 때문에 카드를 바닥에 떨어뜨리고 말았다. 바닥에 떨어진 카드를 집
으려고 몸을 숙인 고난도 눈에 투명한 유리가 들어왔다. 회전은 멈췄지
만 유리바닥은 화살 공격이 있었을 때와 똑같은 생김새였다. 음수가 곱
해지는 화살을 맞고 기준점 반대로 갔던 기억을 떠올렸다.

화살에 몸이 맞을 때마다 충격파가 전해졌는데 값에 따라 그 충격파
가 달랐다. 기존 몸보다 값이 크면 충격이 강했고, 값이 기존 몸보다 작으
면 충격이 약할 뿐 아니라 잃어버린 알짜힘을 되돌려 주기도 했다. 그런
데 음수 영역에서는 양수 영역과 반대 현상이 벌어졌다. 기준점 아래로

몸이 엄청나게 커지게 만드는 음수와 충돌했지만, 양수 영역과 달리 전혀 아프지 않았다. 절댓값은 훨씬 작지만, 기준점과 가까운 음수와 충돌하면 무척 아팠다. 양수 영역과 달리 음수 영역은 절댓값이 작을수록 더 큰 수이기에 충격파도 강했다.

고난도   내가 저 아래 영역, 그러니까 음수를 곱하는 화살을 맞고 기준점 아래로 넘어갔을 때, 위쪽 영역과 모든 게 반대였어. 절댓값이 크면 몸집이 아래로 커지긴 했는데 힘은 더 약해졌고, 절댓값이 작은 음수에 맞을 때가 절댓값이 큰 수에 맞을 때보다 훨씬 아팠어.

황금비   네 말은 저 아래 영역은 반대로 움직이니….

고난도   그래. 음수 영역이 모든 게 반대라면, 모든 걸 밖으로 밀어내는 이 원기둥과 달리 음수 영역에서는 원기둥 안으로 빨려 들어갈지도 몰라.

황금비   그럴듯해. 그런데 화살도, 숫자도 날아다니지 않는데, 기준점 반대로 넘어갈 방법은 있어?

고난도   그거야, 간단하지.

고난도는 아이템팔찌를 열더니 숫자와 기호가 담긴 작은 투명 봉투를 꺼냈다. 투명 봉투 안에는 숫자와 기호들이 잔뜩 들어 있었다.

황금비	그게 뭐야?
고난도	사냥터에서 쓰던 보관 봉투인데 포획한 동물들을 임시로 가두는 용도로 써.
황금비	이런 경우에 대비해서 일부러 보관한 거야?
고난도	딱히 대비한 건 아니야. 한정판은 아니지만, 신기하게 생겨서.
황금비	넌, 진짜, 어떤 면에서, 대단해.
고난도	그거 칭찬이지?
황금비	그래, 그래, 아주 큰 칭찬이다!

고난도는 크게 웃더니 조심스럽게 마이너스 기호와 숫자 1을 꺼내서 '−1카드'를 만들었다. −1카드를 하나 더 만든 뒤 황금비에게 건넸다. 둘은 눈으로 서로 신호를 건넨 뒤 카드를 몸에 붙였다. −1카드가 몸에 스며들더니 아바타가 흐릿해지며 유리벽을 통과했다. 발바닥이 반대편 유리에 붙은 채 몸이 뒤집혔다.

황금비	.자보 가어들 로으둥기원 제이

황금비는 자기 입에서 나오는 말을 듣고 기겁을 했다.

황금비	?지오나 게하상이 왜 이말
고난도	말이 거꾸로 나오는 거야. 이쪽에선 반대로 말해야 해.

황금비	?데느리들 로대제 은말 네
고난도	내가 거꾸로 말해서 너한테는 제대로 들리는 거야.
황금비	!사소맙
고난도	반대로 하라니까.
황금비	반⋯ 대⋯ 로?
고난도	그래, 그렇게 말해.
황금비	.−네렵어 .런이 ⋯ 어렵다, 어려워.
고난도	이곳이 음수 영역이어서 그런가 봐.
황금비	원기둥 안으로 들어가자.

황금비는 어렵게 문장을 완성하고 혀를 내둘렀다. 황금비는 원기둥으로 가려고 한 걸음을 내디뎠다. 발을 앞으로 내디뎠는데 발이 뒤로 밀려났다. 다시 한 발을 내디뎠는데 이번에도 뒤로 밀려났다.

황금비	?야거 된 게떻어
고난도	거꾸로 말해.
황금비	이게 어떻게 된 거야?
고난도	아무래도 말뿐 아니라 행동도 반대로 해야 되나 봐.
황금비	들어가려면 뒤로 걸어야 한다고?
고난도	음수 영역이잖아.
황금비	아무리 음수 영역이라지만 그게 말이 돼?

고난도   일단 해 보자.

고난도는 발을 뒤로 내디뎠다. 그러자 몸이 앞으로 나아갔다. 한 걸음, 두 걸음, 발을 뒤로 내디뎠고 고난도는 어느새 원기둥에 바짝 다가갔다. 처음에는 믿지 않던 황금비도 반대로 이루어지는 현상을 눈으로 확인하자 발을 뒤로 내디뎠다. 발은 분명히 뒤로 가는데 몸은 앞으로 움직였다. 믿기지 않았지만 받아들여야만 했다.

황금비   음수 영역은 정말 이상해.

황금비는 얼굴을 찡그리면서 원기둥으로 다가왔다. 고난도가 손을 뒤로 젖히자 원기둥이 액체처럼 흐물흐물하며 손을 스르륵 빨아들였다. 황금비도 따라서 손을 앞으로 내밀었다. 분명히 오른손을 앞으로 내밀었는데 오른손이 뒤로 쭉 밀려났다.

고난도   반대로 해야 한다니까.

황금비는 입을 꾹 다물며 신음을 흘렸다. 신음마저 앞뒤가 뒤바뀐 채 흘러나왔다. 황금비는 머뭇거리며 손을 뒤로 젖혔다. 손은 느릿하게 앞으로 움직이며 원기둥 안으로 빨려 들었다. 고난도가 발을 뒤로 내딛자 몸이 원기둥 안으로 사라졌다. 고난도를 따라서 황금비도 원기둥으로 들어갔다. 원기둥 안에서는 문자와 숫자와 기호들이 복잡하게 얽혀서 빠르게 날아다녔다. 다행히 몸에는 아무런 영향을 끼치지 않았다.

고난도 저길 봐.

고난도가 발밑을 가리켰다. 황금비는 고개를 숙였다. 온갖 숫자와 기호와 문자들이 떠다니는 무한한 공간이 펼쳐져 있었다.

고난도 반대라고!
황금비 !런이

황금비는 고개를 들었다. 유리바닥이 보이고 그 너머에 온갖 기계장치들이 눈에 들어왔다.

고난도 -1카드를 사용하자.

-1카드를 사용하자 아바타가 흐릿해지며 유리벽을 통과했다. 발바닥이 반대편 유리에 붙은 채 몸 전체가 뒤집혔다.

황금비 .네왔아돌
고난도 제대로 얘기해.

황금비   이러다 정신이 나가겠어.

수많은 모니터와 통제 장치가 원통 안에 가득했다. 황금비는 빠르게 장치들을 확인하더니 가장 큰 모니터 앞에 섰다.

황금비   이곳이 주 조종 모니터야.
고난도   조종할 수 있겠어?
황금비   통제권한을 확보해야 할 텐데 그게 될지는 모르겠어.

황금비는 모니터에 손을 얹었다. 모니터가 깜빡이며 비밀번호를 입력하는 칸이 열렸다. 비밀번호를 알아낼 방법은 없었다. 황금비는 모니터 화면을 바꿔서 다른 경로를 찾으려고 다양하게 시도했지만 모두 실패했다.

황금비   다른 방법은 안 돼. 비밀번호를 알아내야만 통제권한이 생겨.
고난도   기껏 여기까지 들어왔는데 벗어날 방법이 없다는 거야?
황금비   어떻게든 찾아내야지.

황금비는 원통 안에 설치된 모니터와 기계장치를 다시 꼼꼼히 살폈다. 황금비가 어떤 기계장치를 만지자 원통 안에 설치된 모든 모니터가 지지직거렸다. 지저분한 선과 점이 엉키며 잡음이 들렸다.

고난도 화면에 이상한… 형태가… 나타났어.

황금비가 기계에서 손을 떼고 모니터로 시선을 돌렸다. 지지직거리는 화면을 배경으로 *X*자 마스크로 얼굴을 가린 사람이 나타났다.

*X*마스크　　　내 비행선에 온 것을 환영한다.

목소리에 잡음이 끼어서 본래 음성이 어떤지 정확히 알아듣기는 힘들었다.

황금비　　　당신은 누구죠?
*X*마스크　　여긴 내 비행선이니 그 질문은 내가 해야 맞지 않을까?
황금비　　　우리는 이 비행선을 방문한 게 아니라 어쩔 수 없이 갇혔어요.
*X*마스크　　반갑지 않은 불청객이군.

*X*마스크에게서는 어떤 감정도 느껴지지 않았다. 사람이 내는 목소리인지 의심스러웠다. 인공지능이 만들어 낸 아바타는 메타버스에서 특정한 음색을 띤다. 인공지능이 사람인 척하며 활동하지 못하게 막기 위함이다. *X*마스크가 내는 목소리는 인공지능과 달랐지만, 여느 사람 목소리와도 확실히 달랐다.

고난도	당신이 미지수지를 납치하고, 우리가 개발한 게임을 훔쳤죠?
X마스크	그게 무슨 말이지?
고난도	맞잖아요. 우리 게임을 훔쳐 간 도둑이 이런 비행선을 이용한 걸 제가 똑똑히 봤어요.
X마스크	무슨 말인지 이해를 못 하겠군.

고난도는 게임을 도난당하고 미지수지가 사라진 이야기를 간략하게 설명했다. X마스크는 몇 가지 질문을 하더니 잠깐 기다리라고 하고는 화면에서 사라졌다. 치직거리는 화면이 길게 이어졌다.

X마스크	게임을 훔쳐 간 놈은 우리와 관계가 없다.
고난도	이 비행선과 비슷했어요.
X마스크	분명히 말하지만 게임을 훔쳐 간 놈은 우리와 관계가 없다.
황금비	그렇다면 미지수지는 납치했다는 말인가요?
X마스크	납치는 아니다. 어쩌다 보니 빨려 들어와서 갇혔을 뿐이다.
황금비	어쩌다 보니라니, 그게 말이 돼요?
X마스크	너희들에게 모든 걸 설명해 줄 수는 없다.

X마스크는 단호하게 말했다. 잠깐 고민을 하던 X마스크가 말을 이었다.

X마스크	이 모든 일은 그들 때문에 벌어졌다.
황금비	그들이라면…?
X마스크	긴 여자와 뚱뚱한 남자를 봤을 텐데….
황금비	비례요정과 너클리드 말인가요?
X마스크	맞다. 모든 건 그들 때문에 벌어진 일이다.
황금비	그들이 우리 게임을 훔치고, 미지수지도 납치했단 말인가요?
X마스크	그건 아니다. 그렇지만 그들 때문에 벌어진 건 맞다.
황금비	이해가 안 돼요.
X마스크	자세한 사정은 말해 줄 수 없다. 다만….

X마스크는 다시 한번 고민하더니 결심을 굳힌 듯 억양이 강해졌다.

X마스크	너희에게 제안을 하겠다.
황금비	무슨 제안이죠?
X마스크	너희들이 그들을 잡아 주면 너희 동료인 미지수지 아바타를 되돌려 주겠다.
황금비	미지수지를 납치하지 않았다면서요?
X마스크	우리가 납치하지는 않았다. 왜 그렇게 되었는지 말해 줄 수는 없지만 미지수지란 아바타가 우리 수중에 있는 건 맞다.
황금비	그게 말이 돼요?
X마스크	제안을 받아들이면 네 친구 아바타를 돌려주겠다. 수락할

지 안 할지만 밝혀라.

황금비　이 비행선만 보더라도 당신들이 보유한 기술이 엄청난데, 이런 기술로 그들을 붙잡지 않고 왜 우리한테 제안하는 거죠?

X마스크　그들은 우리를 너무 잘 안다. 우리가 사용하는 무기 체계를 너무 잘 알기에 우리로선 속수무책이다.

황금비　이 무기들, 혹시 전투행성에서도 사용했나요?

X마스크　그건 이 상황과 관계없는 질문이다. 제안을 받을지 말지만 결정해라. 너희들이 그들을 잡아 주면 미지수지를 돌려보내겠다.

황금비　우리끼리 상의할 시간을 주세요.

X마스크　오래 기다리지 않는다.

황금비와 고난도는 대화 설정을 귓속말로 바꾸었다.

황금비　네 생각은 어때?

고난도　저들이 미지수지를 납치하지 않았는지 정확히 모르잖아.

황금비　현 상황에서 그건 확인할 수 없어.

고난도　정말 미지수지를 붙잡고 있기는 할까?

황금비　그건 증거를 보여 달라고 하면 돼.

고난도　그럼 어쩔 수 없네. 제안을 받아들여야지.

황금비　우리가 그들을 잡을 수 있을까?

| 고난도 | 잡아야지. 한정판 립스틱을 돌려받기 위해서라도. |
| 황금비 | 아! 한정판…. |

황금비는 귓속말 설정을 취소하고 화면으로 시선을 돌렸다.

황금비	제안을 받아들일게요.
X마스크	좋은 결정이다.
황금비	먼저 두 가지 질문이 있어요.
X마스크	이 문제와 관련된 질문이면 답변하겠다.
황금비	미지수지가 당신들한테 잡혀 있는지 어떻게 믿죠?
X마스크	그건 직접 보여 주겠다.

X마스크가 손가락을 움직이자 한 모니터에서 영상이 떴다. 영상 안에서 미지수지는 구형 공간 안에서 정신을 잃고 쓰러져 있었다.

황금비	어떻게 된 거죠?
X마스크	메타버스와 접속은 유지된 채 아바타 주인이 통제하지 못하는 상태에 빠졌다.
황금비	저 화면이 조작되지 않은 걸 어떻게 믿죠?
고난도	진짜야.

고난도가 황금비 옆구리를 툭 건드렸다.

황금비   어떻게 그렇게 확신해?

고난도   미지수지가 걸친 아이템을 봐. 그날 미지수지가 걸쳤던 아이
           템들이야. 내가 똑똑히 기억해. 저런 아이템을 걸친 아바타
           는 메타버스 전체에서 미지수지밖에 없어.

X마스크   첫 질문에는 대답을 했다. 둘째 질문을 받겠다.

황금비   그들은 이 비행선도 쉽게 깨뜨릴 만큼 강한 능력을 지녔어
           요. 그런 능력자들을 우리가 무슨 수로 잡아요?

X마스크   우리가 도와주겠다.

황금비   그럼 당신들이 직접 하면 되잖아요?

X마스크   그들은 우리가 지닌 모든 기술을 꿰뚫고 있다고 말하지 않
           았나? 너희들이 비행선 안에서 하는 걸 봤다. 그 정도면 그
           들을 잡을 가능성이 있다고 본다.

황금비   서로 협력해서 그들을 잡자는 말이네요. 좋아요. 그럼 뭘 도
           와줄 거죠?

X마스크   우리는 그들이 기술을 사용하면 곧바로 추적할 수 있다. 이
           비행선은 그들을 추적하는 데 필요한 모든 장비가 들어 있다.

황금비   하지만 그들은 아주 쉽게 이 비행선을 부숴 버렸어요.

X마스크   그래서 한 가지 변형을 가할 것이다.

황금비   어떤 변형이죠?

X마스크   쉽게 깨지지 않게 구조를 바꾸고, 너희들이 이 비행선을 일

                정하게 통제할 수 있도록 일부 권한을 설정하겠다.

X마스크가 손가락을 튕겼다. '딱' 소리가 크게 나더니 원통이 빠르게 회전했다. 원통은 그대로인 채 바깥쪽 형태를 이루던 비행선이 숫자로 분해되었다. 원통 아래에서 보았던 무수한 숫자 배열들이었다. 분해된 숫자는 x, y, a, b, n, m 등과 같은 문자들과 $\times, \div, ( ), =$ 와 같은 수학 기호들로 점점 바뀌었다.

고난도   지금 뭘 하는 거죠?

X마스크   이 비행선은 수를 기반으로 이루어졌는데, 수를 나타내는

                방식을 숫자에서 문자로 바꾸어, 비행선을 재구성하는 중

                이다.

고난도   그러니까 그걸 왜 하는데요?

X마스크   숫자 체계로 만들어진 비행선은 깨뜨리기 쉬웠지만, 문자 체

                계로 이루어진 비행선은 쉽게 깨지지 않는다. 물론 근본은

                수와 수식이기에 약점을 공략하면 깨지긴 하겠지만 조금 전

                처럼 그리 쉽게 박살이 나진 않을 것이다.

고난도   문자가 어떻게 수가 돼요? 수는 숫자여야지 엑스(x)나 에이

                (a) 같은 알파벳이 왜 나와요?

X마스크   비행선 체계를 숫자에서 문자로 바꾸는 데 시간이 걸리니

조금 설명해 주겠다.

X마스크가 다시 손가락을 튕기자 양과 양치기가 움직이는 영상이 떴다. 처음에는 양이 몇 마리 없었는데 양이 점점 늘어나자 양치기는 양이 몇 마리인지 확인하려고 애를 먹었다. 양치기는 고민 끝에 돌을 집어 들었다. 양 한 마리가 우리에 들어갈 때마다 돌 하나를 가죽 주머니에 넣었다.

X마스크   너희는 지금 인류 역사에서 수가 태어나는 장면을 보고 있다. 양 숫자가 적을 때는 그냥 기억하면 되지만 양이 늘면서 양치기는 양을 모두 기억하는 데 어려움을 겪는다. 얼굴과 형태로 양을 기억하면 좋지만, 마릿수가 늘자 어려움에 처한 것이다. 고민하던 양치기는 양 한 마리를 돌 하나로 표시하기로 정했다. 양과 돌은 다르다. 양은 생명이라 먹고, 움직이고, 소리를 낸다. 돌은 무생물이라 먹지도 스스로 움직이지도 소리를 내지도 못한다. 그런데 양치기는 양 한 마리와 돌 한 개에서 생명과 무생물이 아니라 '하나'로 똑같다는 점을 떠올렸다. 다른 성질은 버리고 같은 성질로 단순화했다. 이것을 '추상화(抽象化)'라고 한다. 추상화를 통해 수가 태어났다. 수를 만들어 내면서 인간은 차원이 다른 두뇌 능력을 지닌 존재로 거듭났다. 추상화는 인간을 인간이게 만든 근본 힘이며, 인간을 다른 존재와 구별되게 만든 경계선이다. 사

람이 사용하는 말(言)도 숫자와 결이 비슷한 추상화다.

영상에서 양치기는 가죽 주머니에서 돌을 꺼내더니 평평한 나무에 뗀 석기로 빗금을 그어 표시했다. 이어서 수메르, 이집트, 중국, 로마 등에서 사용한 다양한 숫자 표기법이 나오더니 마지막에 현대에 사용하는 아라비아 숫자가 영상을 채웠다.

X마스크 양치기는 나무에 수를 표현하기 위해 빗금을 그었다. 빗금이 발전해서 다양한 숫자 표기법이 되었다. 이는 또 다른 추상 화다. 형태를 통해서 뜻을 담아냈기 때문이다. 아라비아 숫 자 표기법은 가장 간단하면서도 편리해서 거의 모든 사회에 서 사용하게 된다. 수를 숫자로 표현하는 것은 말을 문자로 표현하는 것과 동일하다. 이것은 또 다른 추상 차원으로 인 간이 발전했다는 증거다.

이어서 수많은 숫자와 원과 삼각형이 어지럽게 움직이더니 x, y와 같은 문자들로 변형이 되었다.

X마스크 수를 표기하는 방식에 문자를 끌어들이면서 인간 두뇌는 다 시 한번 한 단계 높은 수준으로 추상화 능력을 발휘한다. 유 리수에 3을 곱한 수를 모은다고 해 보자. 유리수는 무한대

로 많기 때문에 모으려고 하면 끝이 없다. 그러나 $3n$(n은 유리수)으로 표시하면 간단하다. 원둘레는 $2\pi r$, 원 면적은 πr^2으로 표시하면 간단하고 쉽게 원에 대한 이해를 얻을 수 있다. 양을 돌로, 돌을 숫자로, 숫자를 문자로 표시한 것은 추상화라는 점에서 같은 원리다. 추상화는 본질을 더 간단하면서도 정확하게 드러낸다. 그리고 강력하다.

고난도   흠, 재밌네요. 그래서 숫자를 문자로 바꾸면 간단하면서도 강력하기에 깨뜨리기 쉽지 않다는 거군요.

고난도는 고개를 끄덕이며 원통 바깥에서 일어나는 현상을 자세히 관찰했다. 숫자가 문자로 변하더니, 숫자와 문자가 서로 달라붙었다. 수와 문자가 곱셈으로 붙으면 곱셈이 사라지면서 수가 문자 앞에 섰다.

나눗셈일 경우에는 분수 형태로 바뀌었다. 문자와 문자끼리 덧셈이나 곱셈으로 이어질 때는 알파벳 순서대로 배열되었다. 1은 문자 앞에 붙으면 사라졌고, −1이 붙으면 '마이너스(−)' 기호는 남고 1은 사라졌다. 같은 문자끼리 곱하면 거듭제곱 꼴로 바뀌었다.[31]

---

31 문자와 식을 나타내는 방식을 정리하면 다음과 같다.

① $5 \times a = 5a$, $x \times 3 = 3x$

② $6 \div a = 6 \times \dfrac{1}{a} = \dfrac{6}{a}$ ($a \neq 0$), $a \div b = a \times \dfrac{1}{b} = \dfrac{a}{b}$ ($b \neq 0$), $a \div 3 = \dfrac{1}{3}a = \dfrac{a}{3}$

③ $b \times a \times 3 = 3ab$

④ $1 \times a = a$, $(-1) \times a = (-a)$

⑤ $a \times a \times a = a^3$, $b \times a \times a = a^2 b$ ($a \times a \times a$는 $3a$가 아니라 a^3임을 주의해야 한다.)

결합한 숫자와 문자들이 덧셈과 뺄셈으로 엮이더니 항과 상수항, 계수들로 이루어진 수식이 탄생했다.[32] 수식은 단순한 단항식과 복잡한 다항식이 번갈아 나타났고,[33] 일차식뿐 아니라 2차식과 3차식도 나타났다.[34] 다항식과 다항식이 결합하자 동류항은 자연스럽게 달라붙으며 하나로 합쳐졌다.[35]

비행선 외부를 이루는 모든 숫자가 문자와 숫자가 결합된 수식 형태로 바뀌자 X마스크가 다시 말을 꺼냈다.

X마스크 　 이제 약속대로 비행선 통제 권한을 일부 넘겨주겠다.

32　$3x-5y+2$
- 항 : 수 또는 문자의 곱으로 이루어진 식. ($3x$, $-5y$, 2)
- 상수항 : 문자 없이 수로만 이루어진 항. (위 항 중에서 2)
- 계수 : 항에서 문자에 곱해진 수. (3은 x의 계수, 5는 y의 계수)

33
- 단항식 : 항이 하나인 다항식. ($3x$, $4y^2$, -4)
  단항식은 모두 다항식이다.
- 다항식 : 하나 또는 둘 이상의 항으로 이루어진 식. ($3x$, $2x+4y$, $3x^2+2x-5a$, $a-7$, -4)

34　a^3+3a^2+2a+4
- 차수 : 항에서 문자가 곱해진 개수. 즉 지수를 말한다.
  다항식에서 차수가 가장 큰 항의 차수를 그 다항식의 차수로 부른다.
  따라서 위 식은 차수가 3인 3차방정식이다. $2a+4$, $3x-5$는 차수가 1이라 일차방정식이고, $3a^2+2a-4$, x^2-3은 차수가 2여서 2차방정식이다.

35
- 동류항 : 문자와 차수가 서로 같은 항(상수항은 모두 동류항이다.)
  $x^3+3x^2+2x+4x^2$에서 $3x^2$과 $4x^2$은 문자와 차수가 같기에 동류항이다.
  동류항은 계수를 계산하여 하나로 합친다. $3x^2$과 $4x^2$을 계산하면 $7x^2$이 된다.

주 조종 화면에 숫자 89와 숫자가 빈 네모 칸 두 개(89, ㅁ, ㅁ)가 나란히 나타났다.

황금비   이게 뭐죠?

X마스크   흰색과 검은 색에 맞는 숫자를 차례대로 누르면 통제권이 생긴다.

황금비   숫자가 뭔데요?

X마스크   그건 너희가 알아내야 한다.

황금비   이 정도만 이용해서 어떻게 비밀번호를 알아내요?

X마스크   기다려라. 알아낼 방법을 알려 줄 다른 숫자들이 뜰 것이다.

곧이어 X마스크가 말한 대로 숫자 12개가 떴다.

고난도   2, 3, 11, 3, 5, 18, 5, 7, 28.

황금비   그러니까 이 숫자 배열에서 규칙을 알아낸 뒤 89 뒤를 잇는 두 숫자를 맞추란 뜻이군요.

고난도   이것만 보고 도대체 어떻게 알아?

황금비   수식을 세워야 할 거야.

고난도   수식을 세우라고?

황금비   그래. 주어진 숫자 배열을 바탕으로 문자와 기호를 써서 수식을 세운 뒤, 새로운 숫자가 주어지면 빈칸에 들어갈 숫자를 맞추는 거지.

고난도   통제권한을 주려면 쉽게 넘겨주지 왜 이렇게 복잡하게 하는
       거죠?

X마스크 문자와 식으로 이루어진 비행선을 보호하면서 제대로 통제
       하려고 만들어 놓은 장치다.

고난도   그러니까 답은 안 알려 줄 거죠?

X마스크 지금 답을 알려 줘 봐야 아무 의미가 없다. 일정한 간격마다
       새로운 숫자 배열이 나타나고, 그것에 맞게 수식을 세워서
       비밀번호를 입력해야 한다.

고난도   참, 까다롭게 하시네.

고난도가 X마스크와 대화를 나누는 중에도 황금비는 숫자들을 뚫어
져라 보며 규칙을 찾으려고 애썼다. 한참 숫자와 씨름하던 황금비는 배열
된 숫자에서 일부 규칙을 찾아냈다.

황금비   2와 3, 3과 5, 5와 7은 소수를 차례대로 늘어놓은 거야.

고난도   그럼 셋째, 여섯째, 아홉째에 나온 숫자는 그 앞에 배열한 두
       숫자를 어떤 수식으로 조합해서 만들었다는 뜻이겠네.

황금비   그러니까 89 다음에 오는 수는….

고난도   97이지. 89 다음에 오는 소수가 97이니까.

황금비   그래 맞아. 그리고 그다음에 오는 수는….

고난도　　　잠깐만 기다려 봐. 대충 규칙이 보이네. … 음 … 그러니까….

　　고난도는 숫자들을 손끝으로 몇 번 건드렸다. 그러더니 엄지와 검지를 대고 *X*마스크처럼 소리 나게 튕겼다.

고난도　　　알았다. 식이 간단하네.

황금비　　　간단하다고?

고난도　　　그러면 답이… 460이네. 97과 460을 누르면 돼.

황금비　　　어떻게 알았어?

고난도　　　일단 눌러 봐.

　　황금비는 숫자 자판을 열어서 네모 칸에 97과 460을 각각 누르자, 비밀번호가 풀렸다는 문장과 함께 새로운 화면이 열렸다.

황금비　　　어떻게 찾았어?

고난도　　　뭐, 간단했어. 앞 숫자에 3을 곱하고, 뒤 숫자에는 2를 곱한 뒤에 그 값을 더하고, 마지막으로 빼기 1을 하면 규칙에 맞게 값이 나와.

황금비　　　그러니까 수식으로 하면 $3x+2y-1$이네.

*X*마스크　　역시, 내 눈이 틀리지 않았군. 앞으로도 그런 방식으로 통제권을 유지하면 된다.

고난도   앉아서 껌 씹기네.

고난도는 소리는 내지 않은 채 허리를 잡고 호탕하게 웃는 시늉을 했다. 황금비가 '확인'을 누르자 비행선을 통제하는 화면이 열렸다.

06. 등호에서 펼쳐진 결투

: 일차방정식 :

조종간 화면이 열리자 황금비가 어이없는 표정을 지으며 X마스크가 있는 화면을 쳐다봤다.

황금비   이건 조정할 수 있는 게 거의 없잖아요?

X마스크   일부 통제권만 준다고 이미 말했다. 이 비행선은 그들을 잡는 데만 사용하도록 설정했다.

황금비   아무리 그래도 그렇지, 조종도 못 하게 막아 놓으면 어떡해요?

X마스크   조종은 필요 없다. 그들이 나타나면 비행선이 자동으로 추적한다.

황금비가 '추적'을 누르자 복잡한 방정식이 나타났다. 워낙 복잡해서 다 읽기도 힘든 방정식이었다.

황금비   이게 무슨 방정식이죠?

X마스크   그들을 추적하는 방정식이다.

황금비   어떤 원리죠?

X마스크   그건 알려 줄 수 없고, 너희들이 알 필요도 없다. 이 방정식에서 X값은 그들이 보내는 신호다. X값이 입력되면 그들이 나타난 곳이 결괏값으로 곧바로 나타난다. 결괏값은 그들이 있는 방향과 떨어진 거리다. 결괏값이 나오면 비행선은 곧바로 움직인다.

고난도   별의별 방정식이 다 있네요.

X마스크   세상을 이루는 핵심 원리는 다 방정식으로 되어 있다. 방정식을 알면 세상을 지배하는 힘을 얻는다.

황금비   그래서 당신들이 이 메타버스를 제멋대로 헤집고 다니며 나쁜 짓을 벌이는 건가요?

X마스크   잘 알지도 못하면서 함부로 말하지 마라. 나와 너희는 계약을 맺었고, 그 계약과 관련해서만 협력한다. 그 이상은 넘지 마라. 선을 지키는 게 서로에게 좋다.

모니터임에도 X마스크에게서 냉랭한 기운이 무섭게 풍겼다. 그러나 황금비는 조금도 주눅이 들지 않았다. 전투행성에서 수없이 많은 어려움과 무서운 적을 상대해 봤기 때문이다.

X마스크   오른쪽 아래 조종….

X마스크가 추가 설명을 하려고 할 때, 추적 방정식에 불이 들어왔다. 방정식을 이루는 X가 붉게 빛나고, 방정식이 요란하게 흔들리더니 조종간 화면에 숫자와 화살표가 떴다.

고난도   2시 방향, 떨어진 거리는 $90km$!

방향과 거리가 나오자마자 비행선이 움직였는데, 비행선 안에서는 움직임이 거의 느껴지지 않았다.

황금비   얼마나 걸리죠?
X마스크   12분 걸린다.
황금비   12분이면… 평균시속이 $450km$네요.[36] 메타버스에서도 현실과 크게 다르지 않은 물리법칙 알고리즘이 강력하게 작동

---

36 $S=tv$ (s : 거리, t : 시간, v : 속력)
　　$90km=t×450km/h, t=90km÷450km/h=0.2h.$
　　단위가 시간(h)이므로 0.2시간을 분으로 환산하면, 0.2×60분 = 12분.

하는데 시속 $450km$라니 굉장하군요.

X마스크   시속 $450km$는 아무것도 아니다. 청소년 전용구역에 가해진 각종 제약 때문에 그 정도가 한계치일 뿐이다.

황금비   당신들 기술은 아무리 봐도 수상해요.

X마스크   거듭 경고하지만, 비밀을 파헤치려는 질문이나 행위는 더 이상 용납하지 않겠다. 계약에만 충실하길 바란다.

황금비는 이를 꾹 다물며 옷에 가려진 목걸이를 자신도 모르게 만졌다. 목걸이가 은은하게 빛나며 옷 밖으로 빛이 새어 나왔다. 원통 안이 뒤틀리며 숫자로 뒤바뀌려고 했다. X마스크 눈이 번뜩였다. 고난도는 이상한 낌새를 눈치채고 얼른 황금비를 밀치며 X마스크가 뜬 화면과 황금비 사이로 끼어들었다.

고난도   그들을 찾으면 어떻게 잡죠?

X마스크   조금 전 그건 무엇이냐?

고난도   우리끼리 만든 아이템이에요.

그제야 황금비는 자신이 실수를 저질렀음을 알아챘다. 황금비는 목걸이를 잡은 손을 놓고 옷매무새를 가다듬었다.

고난도   시간이 얼마 안 남았어요.

X마스크	아까도 말했다. 너희들이 알아서 해야 한다고.
고난도	참, 대책이 없네요.
X마스크	친구를 구하고 싶다면 실력을 발휘해라. 너희들이 실패하면 우리는 다른 방법을 찾으면 된다.
고난도	그 말투는 딱 악당에 어울리네요. 히히!

고난도가 놀려도 X마스크는 아무런 반응을 보이지 않았다. 고난도는 아이템팔찌를 열어서 사냥도구함을 확인했다. 그들을 붙잡으려면 사냥터에서 쓰는 도구를 적절하게 사용하는 수밖에 없기 때문이다. 이용하기에 적당한 아이템은 바로 바로 꺼낼 수 있도록 순서를 재배열했다. 황금비도 아이템팔찌를 열고 사용할 만한 아이템을 찾았다. 그러나 온통 전투행성에서 사용하는 무기뿐이어서 쓸모가 없었다. 평소에 거의 꾸미지도 않고, 다른 아이템에는 관심도 없이 지냈던 것이 조금 후회스러웠다.

황금비	혹시 전투행성에서 쓰는 무기를 이곳에서 사용 가능하게 개조해 줄 수 있나요?
X마스크	그건 안 된다.
황금비	이런저런 무기를 아무렇지 않게 사용하던데, 왜 개조를 못해 준다는 거죠?
X마스크	기본 구성 방식이 다르기 때문에 개조가 불가능하다. 이미 말했듯이 우리 기술이 들어간 무기를 사용해 봤자 그들에

겐 통하지 않는다.

황금비는 입술을 깨물며 아이템팔찌를 닫았다.

X마스크	내릴 준비를 해라.
황금비	그들은 어디 있죠?
X마스크	그들은 비행선이 일정 거리 이내로 접근하면 곧바로 알아 버린다. 별도 통신망을 연결해서 그들이 있는 방향을 알려 주겠다.
황금비	우리가 그들을 잡은 뒤에는 어떻게 하면 되죠?
X마스크	통신망을 통해서 내가 확인하겠다.
황금비	미지수지 아바타는 풀어 주는 거죠?
X마스크	상대가 먼저 계약을 깨지 않는 한 내가 먼저 계약을 깨는 경우는 없다. 우리에게는 너희 친구 아바타를 붙잡아 둘 이유가 전혀 없다.

X마스크가 한 말을 곧이곧대로 믿기는 어렵지만 미지수지를 구할 다른 방법도 없기에 다른 선택지는 없었다. 지금은 일단 협력할 때였다.

황금비	준비 됐어요.
X마스크	조종간 아래 서랍을 열어라.

황금비가 서랍을 열었다. 그곳에는 귀에 꽂는 작은 이어폰이 하나 있었다.

황금비　　통신 장치군요.

X마스크　　나와는 그걸로만 통신이 가능하다.

황금비가 이어폰을 귀에 꽂았다.

X마스크　　아래쪽 단추를 누르면 바닥이 내려갈 것이다. 균형을 잃지
　　　　　않도록 조심하라. 혹시 실패하면 다시 이곳으로 와라. 물론
　　　　　그때는 다시 통제권을 얻어야 한다.

단추를 누르자 황금비와 고난도가 선 곳에 둥근 보라색 선이 원형으로 그어지더니 바닥과 분리되었다. 원형 바닥은 놀이기구가 떨어지듯이 쑥 꺼지며 비행선을 벗어났다. 원통에서 바라본 도시는 무척 아름다웠다. 이탈리아 베네치아처럼 도심 곳곳으로 강물이 흘렀고, 건물들이 아기자기하고 예뻤다. 좁은 골목길이 건물과 건물 사이로 거미줄처럼 뻗었고, 강물 위로 수백 개가 넘는 다리가 각기 다른 모양을 하며 길과 길을 연결했다. 꼭 한 번 와 보고 싶은 도시였다. 둥근 유리판은 바닥에 닿자 숫자로 변하더니 비행선으로 다시 흡수되었다.

황금비   이제 어디로 가면 되죠?

X마스크   골목길을 따라 쭉 가다가 67번 다리를 건넌 뒤 39번 도로를 따라 가면 선착장이 하나 나온다. 그들은 현재 선착장 근처에 있다.

황금비   그곳에서 뭘 하는 거죠?

X마스크   나도 그것까진 모른다. 그들이 우리가 개발한 도구를 잠깐 사용하였기에 추적이 되었을 뿐이다.

황금비는 아이템팔찌에서 스케이트보드를 꺼내서 탔다.

황금비   어, 왜 스케이트보드가 작동이 안 되지?

X마스크   이곳에선 배 외에는 그 어떤 교통수단도 작동하지 않는다. 비행선도 도시 안으로는 들어가지 못한다.

고난도   할 수 없네. 걸어가자.

황금비는 투덜거리면서 빠른 걸음으로 앞장섰다. 67번 다리는 금방 나타났다. 67번 다리는 바위와 바위를 절묘하게 결합하여 만든 곡선 형태였다. 투명한 물에 다리가 비치니 실제와 반사체가 합쳐져 원을 이루었다. 감탄사가 저절로 나오는 아름다운 다리였다.

고난도   다리가, 한정판처럼 예쁘네.

황금비   지금 다리 구경하며 감탄할 때가 아니야.

황금비는 다리를 감상하려는 고난도를 잡아끌었다. 39번 도로가 나타났고 황금비는 걸음을 더 재촉했다. 한참 뒤따라 걷던 고난도가 황금비를 앞지르더니 잡화점이라 쓴 가게로 들어가려고 했다.

황금비   시간이 없는데 뭐 하는 거야?
고난도   그들과 준비 없이 부딪히면 빨리 간다고 해도 붙잡지 못해.
황금비   너, 또 한정판 때문에 이러는 거 아니지?
고난도   무슨 소리야? 나도 우선순위는 구별해.

그때 X마스크 목소리가 들렸다.

X마스크   아직 그들이 움직이는 신호는 없다. 한 번 도구를 쓰고 나면 그 에너지파 때문에 추적을 할 수가 있다. 이건 그들도 모르는 기술이니 서두르지 않아도 된다. 조금 여유가 있으니 꼼꼼하게 준비물을 마련한 뒤에 잡으러 가는 것도 괜찮은 생각이다.
황금비   마스크 쓴 사람이 괜찮다니까 준비해서 가자. 그렇지만 오래 시간을 끌면 안 돼. 상황이 어떻게 변할지 모르니까.

황금비가 동의하자 고난도는 잽싸게 잡화점으로 들어갔다. 잡화점에 들어가자 '모든 품목 40~20% 할인'이라는 커다란 글귀가 손님을 맞이했다.

고난도   40~20%나 할인하다니… 대박이네.

고난도는 반색을 하며 잡화점 진열대 사이를 빠르게 훑으며 지나갔다. 각 물품마다 원래 가격과 할인율이 붙어 있었다. 제품마다 가격도 다르고 할인율도 다 달랐다.

고난도   이건 가격이 25전인데 할인율은 32%니까… 계산이 왜 이리 복잡해… 계산을 하면… 할인해 주는 금액은 8전이고… 25전에서 8전을 빼면 17전이네. 흠… 비싸진 않으니 일단 사야겠다.

고난도는 몇 걸음 걷다가 또 다른 물품 앞에서 멈춰 섰다.

고난도   가격이 32전인데 할인율은 25%이니까… 계산을 하면… 아이고 골치 아파… 이것도 8전이네. 그럼 32전에서 8전을 빼면 24전이구나. 적당한 가격이야.

그러다 또다시 새로운 제품을 만났다. 이번에도 고난도는 가격과 할인율을 놓고 계산을 하려고 했다.

황금비   너 물건을 몇 개나 살 거야?

고난도   아직 모르지. 되도록 많이 사서 준비를 해야지.

황금비   그럴 때마다 이렇게 힘들게 계산할 거야?

고난도   그럼 어떻게 해?

황금비   수식을 세워야지. 어차피 같은 방식으로 계속 계산할 거잖아. 그러면 수식을 세워서 해당되는 값만 집어넣으면 결괏값이 바로 나오잖아. 비행선 통제 권한을 얻었을 때를 생각해 봐.

고난도   아! 그러네. 그럼 정가에서 할인율을 빼는 거니까… 공식을 만들려면… 일단 할인한 금액이 어떻게 되는지 식을 세워야겠구나. 정가가 a원인 물건을 $x\%$ 할인한 금액이니까… 식은 a원 $\times \dfrac{x}{100} = \dfrac{ax}{100}$ 원이고, … 이걸 정가에서 빼야 하니까 $a - \dfrac{ax}{100}$ 원이 내가 지불해야 할 금액이 되는구나. 고마워.

황금비   고마워할 필요는 없어. 시간 낭비하는 꼴을 보기 싫어서 그랬으니까.

고난도는 식을 이용해서 물건 금액을 빠르고 정확하게 파악했고, 물건이 지닌 효능과 가격을 고려해서 필요한 도구를 구입했다. 잡화점을 나오자 X마스크에게서 연락이 다시 왔다.

X마스크 그들이 내뿜는 신호가 점점 약해지면서 이동하는 신호가 포착되었다. 우리가 추적하는 데도 한계 시간이 있으니 서둘러라.

연락을 받자마자 황금비와 고난도는 알짜힘을 최대한 짜내서 선착장을 향해 달렸다. 선착장에 거의 다다랐을 때 비례요정과 너클리드가 작은 배에 올라 타려고 준비하는 모습이 보였다. 그들은 선착장에 놓인 물건을 하나씩 배 뒤에 실었다.

고난도 저 많은 물건을 아이템팔찌에 넣지도 않다니, 아무래도 아이템팔찌에는 넣을 수 없는 물건들인 모양인데….

황금비 물건을 싣고 있는 지금이 기회야.

고난도는 아이템팔찌에서 전기충격기와 밧줄을 꺼내 황금비에게 건넸다. 굵은 밧줄 틈새에는 얇은 구리선이 촘촘하게 감겨 있고, 밧줄 끝은 동그란 올가미 형태였다. 고난도도 똑같은 도구를 꺼내서 손에 들었다.

고난도 어떻게 사용하는지는 알겠지?

황금비 이런 하급 무기는 나한테 아무것도 아니야.

고난도 목표를 정하고 포획을 한 뒤에 전기충격기를 켜면 정신을 잃을 거야. 이것저것 많이 준비했는데 생각보다 간단하게 끝나겠네.

황금비   그건 모르지. 계획이 그대로 되지 않는 경우가 많으니까.

고난도   걱정은 뒤로 미루자고. 짐을 싣느라 정신이 없는 지금이 기회야. 서두르자.

고난도와 황금비는 좌우로 벌려서 귓속말을 주고받으며 선착장으로 접근했다. 비례요정과 너클리드는 짐을 싣는 데 정신이 팔려서 황금비와 고난도가 접근하는 걸 전혀 눈치채지 못했다. 그들에게 바짝 접근한 고난도와 황금비는 눈짓을 주고받은 뒤 동시에 밧줄을 던졌다. 올가미는 정확하게 비례요정과 너클리드 몸을 휘감았다. 올가미는 자동으로 줄어들며 그들 몸을 꽉 조였다.

고난도와 황금비는 동시에 전기충격기를 최대 출력으로 켰다. 강력한 전기가 밧줄을 감은 구리선을 타고 흘렀다. 너클리드는 전기충격을 받고 부들부들 떨더니 배 위로 쓰러졌다. 그러나 비례요정은 몸을 기묘하게 뒤틀더니 올가미에서 빠져나와 버렸다. 몸이 워낙 날씬하고 유연해서 올가미가 제대로 조이지 못한 것이다.

황금비   이런… 실패다!

비례요정을 겨냥한 올가미는 황금비가 쏜 것이었다. 황금비는 첫 시도가 실패하자마자 배 위로 뛰어들었다.

비례요정   또 너희들이냐?

황금비는 머뭇거리지 않고 강력한 주먹을 비례요정을 향해 날렸다. 비록 무기를 장착하지는 않았지만, 전투행성에서 수없이 갈고 닦은 전투 솜씨였기에 맨주먹이라 해도 무시하지 못할 충격을 줄 수 있는 공격이었다. 비례요정은 주먹을 가볍게 피하더니 손바닥을 빙글 돌리며 다섯 손가락을 활짝 폈다. 그와 동시에 손바닥에서 강한 파장이 일어나며 황금비를 배 밖으로 튕겨 냈다. 비례요정은 바닥에 쓰러진 너클리드를 보고 올가미를 풀어 주려다 멈칫했다.

비례요정   구리선… 전기충격기와 연결했구나.

비례요정은 빠르게 시동을 걸었다. 출력을 높이자 배는 맹렬한 소음을 내며 앞으로 튕겨 나갔다. 그와 동시에 정신을 잃고 바닥에 쓰러진 너클리드가 배 뒤로 딸려가며 쾅 부딪혔다.

비례요정   이게 뭐야?

비례요정은 놀라서 뒤를 돌아보았다. 너클리드를 묶은 밧줄 끝에 고난도가 있었다. 비례요정은 고난도를 떨어뜨리려고 배를 더욱 빨리 몰았다. 그러나 고난도는 전혀 멀어지지 않고 밧줄 끝에 매달린 채 물살을 가르며 따라왔다.

비례요정   맙소사, 수상스키잖아!

수상스키는 밧줄, 전기충격기, 구리선 등과 함께 잡화점에서 고난도가 장만한 물건이었다. 혹시나 해서 산 물건이 아주 좋은 쓰임새를 발휘한 것이다. 비례요정은 고난도를 물에 빠뜨리기 위해 각도를 확 틀어 보기도 하고, 속도를 올렸다 줄여 보기도 했지만, 고난도는 전혀 흔들림이 없었다.

비례요정   너 도대체 왜 이래? 한정판 립스틱이 그렇게 탐이 나는 거야?

비례요정은 고개를 살짝 돌려 고난도에게 큰 소리로 말했다.

고난도   한정판 립스틱은 내 거니까 당연히 찾을 거예요. 그렇지만….

비례요정   아유, 무슨 저런 찰거머리가 다 있어.

고난도   더 중요한 이유가 있어요. 당신을 꼭 붙잡아야 할….

비례요정은 고난도가 한 말을 제대로 듣지 못했다. 단지 한정판 립스틱과 찰거머리 같은 추적자를 떼어 내는 것 중에서 무엇을 선택해야 할지 고민했다. 아무리 생각해도 한정판 립스틱은 포기하기 힘들었다. 고난도가 수상스키를 타고 오래 버티지 못하리라는 확신도 들었다. 비례요정은 바다를 향해 배를 몰았다. 강에서는 각도를 틀거나 속도를 올리는 데 한계가 많았기 때문이다. 배는 빠르게 바다로 나아갔다. 그러나 비례요정이 예상치 못했던 일이 바다로 막 진입하는 순간에 벌어졌다. 배 한 척이 바짝 다가오더니 수상스키를 탄 고난도를 배에 태워 버린 것이다.

비례요정 뭐야? 저 녀석이 어떻게….

추적한 배를 모는 이는 황금비였다. 황금비는 고난도를 태우더니 밧줄을 배에 단단히 묶었다.

황금비 괜찮아?
고난도 내 걱정은 말고, 배를 옆으로 붙여서 확 잡아당겨 버려. 너클리드가 뒤에 걸려서 안 끌려오는데 방향을 틀면 우리 쪽으로 끌려올 거야.
황금비 알았어.

황금비는 속력을 올려서 배를 옆으로 틀었다. 밧줄이 옆으로 움직이자 너클리드가 옆으로 끌려갔다. 너클리드는 배 모서리에 걸린 채 간당간당하더니 황금비가 배를 확 젖히자 공중으로 붕 뜨며 배 밖으로 끌려나왔다.

비례요정   **안 돼!**

비례요정이 다급히 외치더니 배 위에 놓여 있던 밧줄을 너클리드를
향해 던졌다. 그 밧줄은 황금비가 비례요정에게 던졌다가 풀린 것이었다.
올가미는 허공에 뜬 너클리드에게 정확히 걸렸다. 비례요정은 재빨리 밧
줄을 배에 묶었다. 밧줄에 묶인 너클리드는 정신을 잃은 채 허공에 매달
렸다. 황금비가 배를 오른쪽으로 확 꺾었지만 팽팽한 힘에 배는 방향 전
환을 하지 못하고 똑바로 나아갔다.

마치 등호를 사이에 둔 수식처럼 두 배는 같은 힘으로 너클리드를 잡
아당긴 채 망망대해를 향해 달리고 또 달렸다. 아무리 배를 힘껏 틀어도
균형은 깨지지 않았다. 양변에 같은 수를 수없이 곱하고, 빼고, 나누고,
더해도 등호가 계속 유지되는 것처럼 팽팽한 균형은 깨지지 않았다.[37]

만약 진짜 사람 몸을 양쪽 배에서 동시에 잡아당긴다면 크게 다치거
나 죽을지도 모른다. 다행히 아바타는 물리법칙이 적용되기는 하나 알고
리즘으로 설정한 방식이 아니면 붕괴하지 않기에 너클리드 몸은 그런 상
황에서도 무사했다. 당장 아바타가 소멸하지는 않지만, 강한 압력과 충격

---

37 등호(=).
이 기호를 기준으로 오른쪽과 왼쪽이 같다는 뜻을 나타낸다. 등호는 좌변과 우변이 같다는
뜻이기에 양변에 같은 수를 더하거나, 빼거나, 곱하거나, 나눠도(0 제외) 등호는 성립한다.
① $x+3=5$를 계산할 때 $+3$을 우변으로 넘기면 -3인 된다고 외우는데 본질은 그것이 아니
다. 좌변과 우변에 똑같이 -3을 해서 좌변에서 3이 사라지게 한 것이다.
   $x+3-3=5-3, \rightarrow x=5-3$
② 등호를 넘기면 곱셈이 나눗셈이 되는 것도 같은 원리다. $3x=5 \rightarrow 3x \times \frac{1}{3} = 5 \times \frac{1}{3} \rightarrow x = \frac{5}{3}$

은 아바타가 지닌 알짜힘을 조금씩 닳게 만들기에 시간이 흐르면 너클리드가 그대로 소멸하고 만다. 물론 그 시간이 얼마나 걸릴지는 황금비도, 비례요정도 알 도리가 없었다.

황금비   다른 방법을 써야겠어.

황금비는 배를 왼쪽으로 틀어서 비례요정이 달리는 쪽으로 바짝 다가갔다. 그러자 너클리드가 바다에 빠지면서 물살이 너클리드를 강하게 때렸다. 비례요정은 출력을 높이면서 배를 왼쪽으로 틀었다. 다시 밧줄이 팽팽해지며 너클리드가 수면 위로 떠올랐다. 황금비는 최대 출력을 낸 뒤에 오른쪽으로 배를 힘껏 틀었다. 워낙 강하게 당겼기에 너클리드를 묶은 밧줄이 몸 안으로 파고드는 듯했다. 비례요정은 속도를 높여 황금비 쪽으로 배를 붙였고, 너클리드를 옥죄던 힘이 줄어들었다. 황금비는 배를 붙이고, 당기고, 늦추기를 거듭했다. 배는 그럴 때마다 이 방향 저 방향으로 흔들리며 지그재그로 나아갔다.

끝없이 이어질 듯하던 균형은 너클리드가 깨어나면서 변화가 생겼다. 너클리드는 깨어나자마자 자신이 어떤 처지인지 정확히 헤아렸다. 상황을 파악하자마자 비상시에 이용하려고 발목에 숨겨 두었던 탈각 아이템을 작동시켰다. 탈각 아이템은 동작은 필요 없고 오로지 너클리드가 보내는 정신 신호에 의해서만 작동되는 장치였다. 탈각 아이템에서 달팽이 점액질과 같은 물질이 흘러나오더니 너클리드 피부에 바짝 붙어서 전신으로 퍼졌다. 팽팽한 밧줄도 문제가 안 됐다. 바로 그러한 상황에서 벗어나려고 만든 탈출 도구이기 때문이다. 점액질이 온 피부를 덮자 옷을 통과해 밖으로 스며나갔다. 옷 밖으로 나왔음에도 색깔이 투명하기에 아무도 눈치챌 수 없었다.

점액질은 점점 부풀어 오르더니 단단하게 굳었다. 밧줄은 이제 단단해진 탈각 아이템 외부만 묶을 뿐 그 안에 든 너클리드에게는 아무런 구속이 되지 못했다. 너클리드는 손목을 슬쩍 끌어올려서 아이템팔찌를 열었다. 너클리드는 저번에 가방에 모든 도구를 넣었다가 고난도와 황금비에게 호되게 당한 뒤부터 몇몇 아이템은 아이템팔찌에 넣고 다녔다. 너클리드는 조심스럽게 아이템팔찌를 열어서 칼을 꺼냈다. 황금비가 모는 배와 연결된 밧줄을 끊으려는 속셈이었다. 밧줄만 끊고 비례요정이 모는 배로 넘어가면 추격을 뿌리치는 것은 너클리드에게는 간단한 문제였다.

고난도　　　앗! 저거 봐. 너클리드가 깨어났는데, 팔을 자유롭게 움직여.

너클리드는 조심스럽게 움직였지만, 고난도는 상상 이상으로 관찰력이 뛰어났다.

고난도　　　앗, 아이템팔찌에서 칼을 꺼냈어. 밧줄을 끊고 도망치려나 봐. 이러다 놓치겠어.
황금비　　　어떻게 된 거지?

고난도	어떻게 된 건지 모르지만 밧줄이 몸을 꽉 조이지 못하고 허공에 약간 떠 있어.
황금비	나는 배를 몰고 있잖아. 방법을 좀 생각해 봐.
고난도	생각하자! 생각하자! 방법이 뭐가 있지? 방법이….

그 짧은 순간에 방법을 떠올리기는 쉽지 않았다. 그때 황금비가 필살기를 사용했다.

| 황금비 | 한정판 립스틱을 이대로 빼앗길 거야? |

한정판이란 단어는 확실히 효과가 있었다. 한정판이라면 사족을 못 쓰는 고난도는 한정판이 걸리면 없는 능력마저 발휘하기 때문이다. 한정판이란 낱말이 주사약처럼 귀를 파고들자마자 고난도는 예전에 읽었던 버뮤다 삼각지대 실종사건 이야기가 떠올랐다.

버뮤다 삼각지대는 배와 비행기가 원인도 모른 채 사라지는 기이한 일이 벌어지는 신비한 장소로 유명했다. 어떤 이는 새로운 차원과 연결되는 통로라고도 하고, 어떤 이는 악령이 벌인 소행으로 믿기도 했다. 그러나 버뮤다 삼각지대 실종사건은 과학으로 충분히 설명할 수 있다는 것이 밝혀졌다.

해저 지형 속에 갇힌 메탄이 거대한 공기방울을 이루며 한꺼번에 나오면, 공기로 인해 바다 위에 떠 있는 배는 바닷속으로 빨려들게 된다. 왜냐

하면 배는 부력 때문에 물에 뜨는데 물속에 공기가 가득하게 되면 부력이 약해지기 때문이다. 부력이 약해지면 무게를 이기지 못한 배는 하늘에서 추락하듯이 공기방울 속으로 추락하고 만다.

만약에 비례요정이 타고 가는 배 아래에서 공기방울이 형성되게 만든다면 어떻게 될까? 분명히 버뮤다 삼각지대에서 벌어진 현상이 동일하게 일어날 것이다.

고난도 이 바닷물 농도가 어떻게 되지?

황금비 이 다급한 상황에서 농도는 왜 물어?

고난도 이유는 묻지 말고 대답이나 해.

고난도는 아이템팔찌에서 작은 물통과 카드, 활을 꺼내며 소리를 질렀다. 황금비는 고난도가 어떤 방법을 찾아냈음을 직감했다.

황금비 전투행성은 바닷물 농도가 3.5%였어. 메타버스 모든 곳은 자연환경이 같은 설정이니까 여기도 같을 거야.

고난도는 카드 여러 장에 3.5%를 쓰더니 화살 끝에 묶었다. 그러고는 3.5%라고 쓴 카드를 빈 물통에 잔뜩 넣은 뒤 입구를 밀봉하고는 화살에 단단히 묶었다.

고난도	지금 이 배가 달리는 속력은?
황금비	20노트
고난도	노트가 뭐야? km 단위로 얘기해 줘.
황금비	1해리가 1,852m, 1시간에 1해리를 가는 걸 1노트라고 해.
고난도	알았어. 내가 계산할게. 비례식을 세워서… 수식을 만들면… 간단하네. 20노트에 1,852m를 곱하기만 하면 돼. 그럼 값이… 시속 37km구나. 초속으로 하면 10.28m고.[38]

고난도는 배가 나아가는 방향으로 화살을 겨누었다. 그때 너클리드는 밧줄에 칼을 대고 자르고 있었다. 밧줄은 끊어지기 직전이었다.

고난도	$S=TV$, 그러니까 거리는 시간 곱하기 속력… 바다에 닿고 부풀어 오르는 데 걸리는 시간이 12초… 10.28m에 12초를 곱하면… 123.36m고… 공기 저항을 고려하면… 10m쯤 더 앞으로…, 계산이 대충이라도 맞아야 할 텐데….

고난도는 카드를 묶은 화살을 비례요정이 모는 배 앞 130여m 지점을 겨냥해 쐈다. 그 순간 너클리드가 밧줄을 끊었다.

---

38 1노트 : 시속 1,852m = x노트 : 시속 $y km$, 비례식을 풀면 $y=1852x$
1시간은 3,600초. 따라서 시속 37km를 초속으로 바꾸려면 37km를 37,000m로 바꾼 뒤 3,600초로 나누면 된다. 그래서 값이 초속 10.28m.

운전대를 최대한 오른쪽으로 틀어!

고난도가 고함을 치자 황금비는 있는 힘껏 운전대를 오른쪽으로 틀었다. 배는 물살을 일으키며 반원을 그렸다. 그제야 비례요정은 너클리드가 밧줄을 끊은 것을 발견했다. 그 사이에 고난도가 쏜 화살은 번갯불처럼 날아갔다. 화살이 바닷물에 닿자 물통이 터지며 공기방울이 맹렬하게 부풀어 올랐다.

비례요정은 배 조종간을 고정한 채 너클리드가 묶인 끈을 배로 잡아당겼다. 그 바람에 비례요정은 바닷속에서 빠르게 부풀어 오르는 공기방울을 보지 못했다. 공기방울이 팽창하자 바닷속은 짧은 시간이지만 물이 사라지고 공기만 가득한 빈 곳이 형성되었다. 그 바람에 배는 공간 위를 덮은 얇은 물 위를 달리는 꼴이 되었다. 처음에는 달리는 관성력 때문에 앞으로 나갔지만, 부력이 사라지자 배는 아래로 추락했다. 얼마 뒤에 바닷물을 밀어내던 공기의 팽창력이 약해졌고, 그와 동시에 바닷물이 거대한 파도가 되어 배를 덮쳤다.

워낙 거대한 공기방울이었기에 물이 쏟아진 자리는 한동안 계속 출렁거렸다. 황금비는 멀찌감치 피했다가 바다가 잔잔해진 뒤에야 배가 침몰한 지점으로 다가왔다. 동그랗게 원을 그리며 배를 모는데 잠시 뒤 비례요정과 너클리드가 기운이 빠진 채 물 위로 떠올랐다. 고난도와 황금비는 둘을 건져서 줄로 꽁꽁 묶었다. 드디어 그들을 사로잡은 것이다.

07. 위험한 표류

: 순서쌍과 좌표평면 :

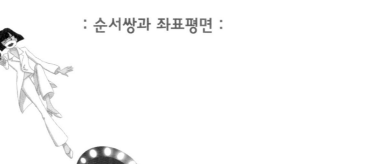

고난도   내놔요.

고난도는 비례요정과 너클리드를 단단히 묶고 난 뒤에 곧바로 비례요
정에게 손을 내밀었다. 비례요정은 눈을 부라리며 고난도를 째려보더니
긴 한숨을 내쉬었다.

비례요정   립스틱은 내 자존심이야.
고난도   약속했으면 지켜야죠.

아이템팔찌는 본인 의지로만 열 수 있다. 본인이 동의하지 않으면 타인은 다른 아바타가 손목에 찬 아이템팔찌를 어떤 수단을 써도 열지 못한다. 그것은 메타버스에서는 절대 깰 수 없는 알고리즘이다. 그렇기에 비례요정을 사로잡고서도 고난도가 한정판 립스틱을 받지 못하는 것이다.

비례요정   그 순간에 널 움직이려면 그 방법밖에 없어서 그랬을 뿐이야. 정말 줄 생각은 추호도 없었어.

고난도   속임수든 뭐든 약속을 했으니까 계약상 내 거예요. 내놔요.

비례요정은 고개를 돌리며 어이없는 한숨을 다시 가늘고 길게 내쉬었다.

비례요정   한정판 립스틱을 뺏으려고 나를 쫓아온 거야?"

고난도   그건 아니….

황금비가 재빨리 고난도 입을 막았다. 황금비는 대화 설정을 귓속말로 바꾸었다.

고난도   왜 말을 못 하게 막은 거야?

황금비   이들은 그 비행선을 통제한 자들과 관련이 있어. 이들은 그 조직을 아주 잘 알아. 그들이 누구고, 이들과 어떤 관계인지 알려면 일단 우리가 자신들을 어떻게 쫓게 됐는지 모르게 해야 해.

고난도   털어놓게 만들 수는 있을까?

황금비   시도는 해 봐야지.

황금비는 대화 설정을 원래대로 되돌리고 비례요정에게 친절한 웃음을 지었다.

황금비   이 친구가 좀 집착이 심해요. 한 번 찍은 한정판은 절대 포기하지 않죠.

너클리드   그깟 립스틱 때문이라니…, 빨리 줘 버려.

비례요정   뭐야? 그깟 립스틱?

고난도   그깟 립스틱은 아니죠. 한정판 립스틱인데….

너클리드   그깟이든 뭐든 빨리 줘 버리라고. 다른 립스틱을 사면 되잖아. 어차피 마스크 쓰고 다녀서 입술에 바르지도 못하는 립스틱이 뭐라고.

비례요정   너, 정말 그렇게 생각해? 이제껏 속으로 나를 비웃어 왔던 거야?

너클리드   주고 풀려 나자는 말이잖아.

비례요정   지금 그게 중요해?

너클리드   그럼 뭐가 중요한데?

비례요정   네가 방금 내 자존심을 짓밟았잖아!

너클리드   어이가 없네, 정말.

비례요정   도대체 누가 어이가 없는데?

너클리드와 비례요정이 격렬하게 다퉜다. 그 바람에 고난도와 황금비가 대화에 끼어들 틈이 없었다. 다툼이 10여 분을 넘어가자 더는 참지 못한 황금비가 기회를 봐서 끼어들었다.

황금비   이러면 풀어 줘도 헤어지는 거 아니에요?

비례요정   헤어지긴 누가 헤어져?

비례요정이 발끈했다.

황금비   저라면 여자 마음도 몰라주는 저런 남자는 당장 차 버릴 거
           예요. 헤어지지 못할 사연이라도 있나 보죠?

비례요정   우리가 어떤 사인데…, 그 지독한 조직이 끈질기게….

너클리드   그만해!

너클리드가 다급하게 막았다. 비례요정은 화들짝 놀라더니 입을 다물었다.

너클리드   말하면 안 된다는 거 잊었어?

너클리드가 비례요정을 강하게 질책했다. 비례요정은 시무룩해지며 고개를 푹 숙였다. 그러나 운 좋게 찾아온 기회를 그대로 흘려보낼 황금비가 아니었다. 황금비는 너클리드 앞으로 갔다.

황금비   조직이라면 그 비행선을 움직이는 자들을 말하는 건가요?

너클리드는 입을 꾹 다문 채 황금비를 노려보기만 할 뿐 입을 열지 않았다. 더 물어본다고 해서 원하는 답을 해 줄 눈빛이 아니었다.

황금비   우리에게 털어놓는 게 좋아요.

너클리드   뭐라고 협박해도 너희에게 말하지 않는다.

황금비   뭐, 안 해 줘도 상관없어요. 어차피 곧 그들이 올 거거든요.

너클리드   그들이라니… 설마?

황금비   우리가 왜 당신들을 잡으려고 쫓아왔을까요?

비례요정   한정판 립스틱 때문이 아니었어?

고난도   그건 맞아요.

황금비   그것만은 아니에요.

너클리드   설마 너희들, 그 조직에 들어간 거냐?

황금비   들어간 건 아니고, 그들과 거래를 했어요.

너클리드   어리석구나. 감히… 그들이 누군지 알고….

황금비   그러게요. 그들이 누군데 당신들과 똑같은 기묘한 무기를 쓰는 걸까요?

너클리드는 대화를 나누면서 조심스럽게 다리를 비틀었다. 발목에 숨겨둔 또 다른 탈출 도구를 작동시키려는 의도였다.

너클리드   그들과 왜 거래를 한 거지? 너희는 딱히 그런 애들로 보이지 않는데?

황금비   그런 애들이라… 그러니까 메타버스를 이용하는 10대 중에 그들과 거래하고 조직에 속한 애들도 있다는 말이네요?

황금비가 대화 속에 감춰진 진실을 날카롭게 건드렸다.

너클리드   그들과 왜 거래하는지는 모르겠지만 당장 그만둬. 너희들이 감당할 만한 조직이 결코 아니야.

황금비   전투행성에서 그들을 세 번이나 마주쳤어요.

너클리드   세 번이나 마주쳤다고?

너클리드가 과도하게 놀라워했다.

너클리드   그럼 두 번이나 대결을 하고도 살아났다는 말이냐?

황금비   세 번 대결에서 다 살아남았죠.

황금비는 굳이 횟수를 수정했다.

너클리드   그럴 리가 없는데… 전투행성에서 사용하는 그 어떤 무기도

                상대가 안 될 텐데….

황금비   무기는 상대가 안 되지만, 전 최강 전사거든요.

너클리드   아무리 최강 전사라도 그럴 리가 없어.

황금비   물론 큰 대가를 치렀죠.

황금비가 입술을 세게 깨물었다. 눈빛이 분노로 이글거렸다.

황금비   그래서 당신들이 뭐라고 하든 전 그 조직을 가만두지 않을

                거예요.

너클리드   그렇게 싫은데 왜 거래했지?

황금비   돌려받아야 할 게 있으니까요.

너클리드   우리와 교환을 할 속셈이구나.

황금비   맞아요. 당신들이 저희에게 비밀을 말해 주든 그렇지 않든

                우리는 당신들을 그들에게 넘길 수밖에 없어요.

너클리드와 비례요정 입에서 신음이 흘러나왔다.

황금비   그러니까 그들에게 잡혀가기 전에 비밀을 털어놔요. 그들이

그렇게 무서운 조직이라면 저희한테 알려 주고 잡혀가는 게 낫지 않겠어요?

너클리드는 입을 꾹 다문 채 아무런 대꾸도 안 했다. 더는 대화를 할 마음이 없는 듯했다. 황금비는 고난도를 보며 어깨를 으쓱하더니 고개를 느리게 저었다. 황금비는 대화를 귓속말 설정으로 바꾸었다.

황금비   그들에게 연락하자.
고난도   알았어. 나는 어떻게든 한정판 립스틱을 받아 낼 거야.
황금비   그거 받고 풀어 주겠다는 약속은 하지 마.
고난도   당연하지. 그런 바보 같은 거래를 내가 왜 해? 약속을 어겼
         는데 또 다른 조건을 주고받는 거래를 하면 안 되지. 약속했
         으면 반드시 지켜야 하는 거야.

고난도는 피식 웃더니 귀에 손을 댔다. 그들에게 받은 통신기를 오른쪽 귀에 꽂고 있었기 때문이다. 그런데 아무것도 없었다. 혹시나 해서 왼쪽 귀를 만졌지만, 그곳에도 없었다.

고난도   왜 그래?
황금비   통신기가 없어졌어. 아무래도 선착장에서 비례요정이 쓰는
         이상한 수법에 얻어맞을 때 충격으로 빠져 버렸나 봐.

고난도　　　그럼 그들과 어떻게 연락해?

황금비　　　일단 선착장으로 돌아가야지. 그 도시 외곽에 비행선을 세
　　　　　　워 두었으니 그쪽으로 가면 연락이 닿을지도 몰라.

　황금비는 묶여 있는 비례요정과 너클리드를 힐끗 보더니, 조종석으로
갔다. 운전대를 잡고 출력을 올렸다. 엔진이 빠르게 돌더니 바람 빠지는
소리와 함께 엔진이 맥없이 꺼졌다.

고난도　　　왜 그래?

황금비　　　연료가 떨어졌어.

고난도　　　연료라니? 배터리로 돌아가는 배가 아니야?

황금비　　　옛날 엔진 방식으로 구동하는 배인데, 연료가 없다고 나와.
　　　　　　배터리는 전자기기를 작동할 정도만 남아 있고.

고난도　　　그들과 연락도 안 되고, 연료도 떨어지고, 그럼 어떡해?

　해결책을 찾지 못해 답답해하는데 내부 통신망이 열리며 나우스 목소
리가 들렸다. 바다 한가운데지만 메타버스 안에서는 아바타가 어디에 있
든 두레에 속한 이들끼리는 연락이 가능하다.

나우스　　　너희들 도대체 어디 간 거야? 연락은 왜 그렇게 안 받아? 시
　　　　　　장 곳곳을 뒤졌는데 보이지도 않고….

연산균	애들아! 모자 잔뜩 샀는데 구경해야지?
나우스	모둠장 님, 지금 모자 자랑할 때가 아니잖아요?
연산균	특별한 모자가 많이 생겼단 말이야. 한정판도 있어.
고난도	한정판이면 특별하지.

고난도가 원하는 반응을 보이자 연산균이 무척 기뻐했다. 나우스는 짜증을 내며 무슨 일이 벌어졌는지 다그쳤다. 나우스가 짜증을 가라앉히기를 기다린 뒤에 황금비가 그동안 벌어진 일을 간단하게 설명했다.

나우스	그러니까 지금 바다 한복판에 있다는 거야? 연료가 떨어졌는데 위치가 어딘지는 전혀 모르겠고?
황금비	그래. 더구나 메타버스와 연결을 끊고 나갈 수도 없는 상태야.
나우스	그럼 우리가 어떻게 해야 해?
황금비	그 도시로 간 뒤에 배에 기름을 넉넉히 넣고 우리를 찾으러 와.
나우스	그곳이 어딘지도 모른다며?
황금비	잠깐 기다려 봐.

황금비는 열쇠를 반만 돌려서 전자장비를 켰다. 고난도도 바로 옆에 서서 함께 화면을 확인했다. 황금비는 화면을 손으로 만지며 전자장비를 자세히 살폈다.

고난도   자, 잠깐만… 조금 전 화면 열어 봐.

황금비   주행기록 말이지?

황금비가 화면을 뒤로 돌려 주행기록을 열었다. 주행기록에는 배가 달린 속력과 방향이 시간과 함께 기록되어 있었다.

고난도   속력과 방향, 시간을 조합하면 위치를 알 수 있지 않을까?

황금비   그럴듯한 생각이긴 한데….

황금비가 손가락으로 화면을 두드리며 고민에 빠졌다. 그때 작은 날벌레 한 마리가 파르르 날아와서 화면에 앉았다. 날벌레는 가만히 앉았다가 잠깐 위로 뜨더니 다시 화면에 앉았다. 손가락을 두드리던 황금비는 손을 움직여 날벌레를 쫓았다. 날벌레는 손을 피해서 날아오르더니 운전대에 앉았다. 황금비는 검지로 날벌레가 앉았던 자리를 톡, 톡, 톡 짚었다. 마지막 손가락이 자신을 노리자 날벌레는 높게 날아오르더니 사라져 버렸다. 황금비는 화면 중앙에 손가락을 가만히 대고는 생각에 빠졌다. 무심코 날벌레가 앉았던 자리를 톡, 톡, 톡 이어서 짚었다.[39] 참신한 발상

---

39 데카르트 좌표계.
    데카르트는 천장에 앉는 파리를 보고 파리의 위치를 정확히 묘사할 방법이 없음을 알았다. 그래서 파리가 앉은 자리를 정확하게 표시할 방법을 고민하다가, x축, y축을 수직으로 교차하여 기준으로 삼고, 어느 한 지점을 (x, y) 순서쌍으로 표시하는 좌표계를 만들었다고 한다. 좌표평면에 음수를 표시함으로써 음수의 개념이 명확해졌고, 기하와 대수가 좌표평면을 통해 통합되는 등 수학이 크게 발전하는 기틀이 마련되었다.

이 떠올랐는지 빙그레 웃으며 고개를 끄덕였다.

고난도   방법을 찾아냈어?

황금비   좌표평면을 이용하자.

고난도   좌표평면이라면 x축과 y축을 직각으로 긋고, 그 교차점을 원점 O로 한 뒤에 그 위에 있는 점은 순서쌍(x, y) 형태로 나타내는 거잖아.

황금비   지구도 경도와 위도로 금을 그어 위치를 나타내잖아.[40] 우리가 일상에서 쓰는 *GPS*도 좌표평면을 더 정밀하게 지구 표면에 표시한 거야.[41] 그러니까 우리도 좌표평면을 이용하면 현재 위치를 정확하게 나타낼 수 있어.

고난도   좌표평면을 이용하려면 원점, x축, y축이 필요하잖아.

---

40   지리 좌표계.
     남북은 위도, 동서는 경도로 나타내는 좌표계를 '지리 좌표계'라 한다. 적도를 기준으로 북극이 북위 90°, 남극이 남위 90°다. 1945년 해방되고 남과 북이 분단될 때 경계선이 북위 38° 선이었다. 그래서 38선으로 불렀다. 북극과 남극을 반듯하게 잇는 선을 '자오선'이라 하는데 영국 그리니치천문대를 지나는 자오선이 기준점이 되어 동쪽은 동경, 서쪽은 서경으로 부른다. 원이 360°이므로 서경 180°, 동경 180°가 최대 경도이며, 태평양에 서경과 동경의 경계선이 위치한다. 지리 좌표계를 이용해 독도를 표시하면 대략 북위 37도 14분, 동경 131도 52분쯤에 위치한다.

41   *GPS(Global Positioning System)*.
     세계 위치추적 체계. 인공위성을 이용해 지구 어디에 위치하는지 정확히 알 수 있게 해 주는 체계다. 자동차를 운행할 때 운전 안내를 해 주는 내비게이션, 휴대전화 위치정보 등도 *GPS*를 이용한다.

황금비　선착장을 원점으로 하고, 처음 이동했던 강 하구 방향을 x 축으로 삼으면 좌표평면 기준이 만들어지잖아.

고난도　그럼 원점부터 속력, 시간, 방향을 계산하면 우리가 이동한 경로가 나오겠구나.

황금비　그렇지! 그게 바로 그래프야.

고난도　우리가 움직인 경로를 쭉 이어서 그리면 우리가 어떻게 움직였는지 정확히 이해할 수 있는 그래프가 나오고, 그래프 끝점에 도달하면 우리가 지금 위치한 곳을 순서쌍으로 표시할 수 있겠구나.

　방법이 정해지자 고난도와 황금비는 아주 빠르게 속력, 시간, 방향을 계산해서 그래프를 그렸다. 먼저 원점을 찍고 이동방향과 거리, 시간을 고려해 다음 이동지점을 계산한 뒤에 순서쌍으로 표시했다. 이동 방향이 바뀌면 다시 속력과 시간을 통해 이동거리를 계산했다. 한 번 계산할 때마다 두 번씩 꼼꼼하게 검토해서 정확성을 검증했다. 한 번 틀어지면 완전히 엉뚱한 결괏값이 나오기 때문이다.

　좌표평면 위에 순서쌍을 이루는 점이 쭉 나열되고 순서쌍과 순서쌍을 잇는 직선이 복잡하게 이어졌다. 위치를 구분할 수 있는 기준이 될 만한 사물이 하나도 없는 바다였지만, 순서쌍과 그래프를 그리니 좌표형태로 위치가 정확하게 드러났다. 최종 위치를 나타내는 순서쌍 값이 나오자 황금비는 나우스에게 위치를 설명했다. 처음에 나우스는 좌표평면을 이용한 위치 표시 방법을 전혀 이해하지 못했지만 여러 번 설명하자 나우스도 결국 방법을 이해했고, 곧바로 이동하겠다고 말하고는 통신을 끊었다.

지루한 기다림이 이어졌다. 배가 바람이나 파도에 의해 미세하게 움직일 때마다 혹시 몰라 기록을 했다. 너클리드와 비례요정도 그제야 연료가 떨어져서 배가 꼼짝도 못 하는 상황임을 알아차렸다.

너클리드   이대로 떠다니다가는 메타버스 미아가 되고 말아.
황금비   그런 걱정은 안 해도 돼요.
너클리드   해결책을 찾았니?

황금비는 아무런 대꾸를 안 했다.

너클리드   날 풀어 줘. 이대로 바다 한복판에서 미아가 되어 떠돌다가는 그동안 메타버스에 쌓아 두었던 모든 걸 잃을 거야.
황금비   그런 걱정은 접어 두라고 했잖아요.
너클리드   만용을 부려서 해결될 위기가 아니야.

황금비는 대화 설정을 귓속말로 바꿔 버렸다. 배 움직임을 세세히 기록해야 하는데 대화를 나누다 움직임을 놓쳐서는 안 되기 때문이다. 긴 시간이 흐른 뒤, 마침내 빠르고 작은 배 한 척이 근처에 나타났다. 배에는 나우스와 연산균이 타고 있었다. 고난도와 황금비는 손을 세차게 흔들며 친구들을 반갑게 맞았다. 몇 년 동안 헤어졌다 만난 듯이 반갑게 인사를 나눴다. 새 배로 옮겨 타고 연료가 떨어진 배를 꽁무니에 묶으려고 할 때였다. 나우스와 연산균이 나타난 곳에서 제법 큰 배가 모습을 드러냈다. 배는 지나가지 않고 가까이 접근하더니 멈췄다. 뱃머리에 X마스크를 한 사람이 나타났다. 비행선에서 화면으로 통신을 하던 바로 그 사람이었다. X마스크를 쓴 이를 확인하더니 너클리드가 움찔 놀랐다.

너클리드   이런… 피타고X가 직접 오다니….

08. 미지수지 구출 작전

: 정비례와 반비례 :

피타고*X*가 나타나자 비례요정은 너클리드보다 더욱 놀랐다. 다급하게 고난도를 불렀다.

비례요정 내 한정판 립스틱을 넘겨줄 테니 날 풀어 줘.

고난도 안 그래도 넘겨 달라고 다시 요구할 생각이었어요. 저들에게 잡혀가기 전에 약속을 지키는 게 어때요?

비례요정 풀어 주면 약속을 지킬게.

고난도 그 약속은 새로운 계약과 상관이 없어요. 당신이 립스틱을 건 약속을 안 지켰으니 그 립스틱은 이미 제 소유예요. 그러니 지금 무조건 넘겨요.

비례요정은 그 상황에서도 한정판 립스틱을 넘겨주지 않았다. 고난도가 끈질기게 설득해도 마찬가지였다.

황금비 저 피타고X란 자가 두목인가요?

너클리드 현재는… 그렇다고 봐야지.

묘한 말이었다. '현재는'이라는 조건은 과거에는 아니었단 뜻이기도 하고, 앞으로는 달라진다는 뜻도 내포하기 때문이다.

황금비 이제라도 저 비밀조직에 대해 말해 주는 게 어때요? 이대로 잡혀가면 아주 안 좋은 일을 겪을 것 같은데….

너클리드 내가 말해 주면 우리 상황이 바뀌기라도 하나?

황금비 하기는 그러네요. 우리는 반드시 돌려받아야 할 친구가 있거든요.

너클리드 친구가 '수렴구멍'으로 빨려들었나 보군.

황금비 수렴구멍이 뭐죠?

너클리드 설명해 봐야 너희는 이해 못 해.

황금비 당신들이 쓰는 무기 체계에 어떤 구멍이라도 있는 건가요?

너클리드 위험한 현상 가운데 하나지. 의도치 않았지만, 자꾸 문제를 일으켜서 나도 없애려고 여러 번 시도했는데, 그걸 해결하기 바로 직전에…. 너희 같은 조무래기 애들에게 붙잡혀서 저들에게 끌려가는 신세가 되리라고는 상상도 못 했는데.

그때 피타고 X 가 입을 열었다.

피타고 X 역시 기대한 대로야.

황금비는 너클리드를 힐끗 보더니, 뱃머리 쪽으로 갔다.

황금비   제 친구는 데려왔나요?
피타고 X 당연히 데려왔다. 일단 저들을 넘겨라.
황금비   말도 안 되는 소리 마세요.
피타고 X 나는 약속을 지킨다.
황금비   범죄 집단을 순진하게 믿을 바보는 없어요.
피타고 X 이 바다 위에서 너희들이 내 손아귀를 빠져나갈 방법은 없
          다. 좋게 말할 때 넘겨라. 저자들이 확실하게 내 손에 넘어와
          야만 너희 친구를 넘겨주겠다.
황금비   그건 공정한 거래가 아니죠. 그리고 우리는 친구가 그 배에
          있는지 확인조차 못 했어요.

피타고 X 가 뒤를 보며 고갯짓을 했다. 복면을 쓴 이들이 미지수지를
데리고 뱃머리에 나타났다. 미지수지는 납치됐을 때 모습 그대로였다.

연산군   미지수지야!

나우스   괜찮아?

황금비   수지야! 괜찮니?

친구들이 미지수지를 다급히 불렀지만, 미지수지는 아무런 반응을 보이지 않았다.

고난도   신체 반응이 전혀 없어. 아바타 접속에 장애가 발생했을 때 생기는 현상이야.

고난도는 제법 멀리 떨어진 거리였지만 미지수지 상태를 정확히 파악했다.

황금비   어떻게 된 거죠?

파타고X   잠시 통제권을 상실한 상태일 뿐이다.

황금비   빨리 돌려놓으세요.

파타고X   꺼낸 지 얼마 안 돼서 이럴 뿐, 시간이 지나면 자동으로 풀린다.

황금비   수렴구멍에 갇혀 있었던 건가요?

파타고X   수렴구멍을 알아?

제법 먼 거리였지만 피타고X 눈빛은 너클리드를 무섭게 째려봤다.

피타고X 발설하지 말아야 할 비밀을 조직과 상관없는 자들에게 알리
         다니…. 배신을 하더니 기본마저 지키지 않는 건가?

피타고X가 가리킨 배신자는 너클리드였다. 너클리드를 향한 질타였
지만 너클리드는 아무 말도 하지 않고 어떻게 난국을 헤쳐 나갈지 머리
를 굴렸다.

황금비   우리 친구가 제대로 정신을 차리는 걸 확인해야겠어요.

피타고X 시간 끌지 마라.

황금비   아바타를 돌려받아도 통제권이 회복되지 않으면 그대로 사
         라지고 말아요. 반드시 제대로 돌아왔는지 확인해야겠어요.

피타고X 시간을 끌수록 내 인내심은 한계치에 달한다.

황금비   협박하는 건가요?

피타고X 현실을 깨우쳐 주는 것이다. 불신은 굳이 지불하지 않아도
         되는 대가를 치르게 한다.

황금비   우리가 당신을 무조건 믿을 처지는 아니죠.

피타고X 어린애들이 고집은 세군. 힘을 보여야 굴복하겠구나.

황금비   협박이 세지면 저항도 비례해서 세지기 마련이지요.

피타고X 재미있구나. 비례라니…. 그러나 이 바다에서 과연 너희들이

내 힘에 비례해서 저항할 힘이 있을까?

황금비　작용이 강해지면 반작용도 강해지기 마련이죠. 마치 정비례 방정식처럼.[42]

파타고X　내 힘에 따라 비례하여 커진다는 반작용이 무엇인지 궁금 하군.

보이진 않았지만 마스크로 감춘 입이 웃는 듯했다.

파타고X　세상에는 작용반작용처럼 비례하는 법칙도 있지만 힘이 가 해지면 약해지는 반비례법칙도 있단다. 어설픈 힘일 경우 작 용이 가해지면 반작용이 같이 강해지지만, 압도하는 권력과 부 앞에서는 반작용 따위는 없고 도리어 저항심은 한없이 줄어든다. 반비례법칙이야말로 권력과 부에 어울리는 법칙 이다.[43]

42　가해지는 압력이 강해지면 반발력도 강해지는 것을 수학으로 표현하면 '정비례'라고 한다. 일차방정식으로 쓰면 $y=ax(a \neq 0)$가 된다. 이 방정식에 따르면 압력(X)이 강해지면 반발력 (Y)도 강해지고, 압력이 약해지면 반발력도 약해진다. 정비례 식에서는 X의 절댓값이 커지 면 Y의 절댓값도 커지고, X의 절댓값이 작아지면 Y의 절댓값도 작아진다.

43　권력과 부가 강해지면 강해질수록 상대하는 반항심이 약해진다는 것을 수학으로 표현하 면 '반비례'라고 한다. 방정식으로 표현하면 $y= \dfrac{a}{x}$ $(a \neq 0)$가 된다. 이 방정식에 따르면 압력 (X)이 강해지면 반발력(Y)은 약해진다. 즉 반항이 아니라 굴종을 하는 것이다. 반비례식에 서는 X의 절댓값이 커지면 Y의 절댓값이 작아지고, X의 절댓값이 작아지면 Y의 절댓값이 커진다.

황금비	저희에게 비례법칙이 통할지, 반비례법칙이 통할지 확인하고 싶으면 해 보세요.
파타고X	계속 그렇게 말하니 정말 궁금해지는군. 감히 저항하기 두려운 힘이 공격해 올 때 어떻게 저항할지, 과연 저항할 수나 있을지 말이야. 나는 아직도 내 힘을 마주하고 비례하여 저항하는 놈들은 본 적이 없거든. 모두 처음에는 잠깐 버티는 척하지만, 감히 상상할 수 없는 힘을 마주하고는 그때부터 한없이 굴종하고 비겁해지지. 모두가 그랬듯이 너희도 반비례법칙에 따를지, 아니면 특별하게 비례법칙에 따르는지 확인해 봐야겠다.
황금비	할 테면 해 봐요. 물리력을 쓰기만 하면 당장 이들을 풀어주고 아이템 가방도 넘겨 버릴 테니까.
파타고X	그러면 너희 친구는 돌려받지 못한다.
황금비	이래도 죽고 저래도 죽으면 같이 죽는 길을 택하는 거죠.

황금비는 너클리드와 비례요정을 묶은 끈에 손을 댔다. 그러더니 갑판 아래 보이지 않는 데로 손을 뻗었다. 황금비가 손을 뻗은 데는 아무것도 없었지만, 황금비는 뭐라도 있는 듯이 그럴싸하게 연기를 했다. 사실 너클리드와 비례요정이 가지고 있던 아이템 가방은 바닷속으로 모두 사라진 뒤였다. 배가 침몰하면서 배 위에 있던 아이템들도 모조리 바다 밑으로 가라앉았다. 과연 풀어 준다고 해도 바다 한복판에서 이들이 저들

손을 피해서 도망칠 만한 방법이 있을지도 확실하지 않았다. 그러나 저들에게 맞설 방법은 그뿐이었다. 미지수지를 확실히 넘겨받기 전에는 어떻게든 버텨야 했다.

피타고X	꽤 당돌하구나.
황금비	거래를 하려면 기본이죠.
피타고X	범상치가 않아. 혹시 전투행성에도 자주 가는 편인가?
황금비	그건 왜 묻죠?
피타고X	아무리 봐도 전투행성에서 잔뼈가 굵은 전사 같은 느낌이 들어서 말이야. 그렇지 않고서야 너 같은 어린애가 나에게 이렇게 맞서기가 쉽지 않거든.
황금비	어리다고 우습게 보시는군요.
피타고X	수없이 많은 청소년이 우리와 거래를 한다. 그렇지만 너 같은 녀석은 흔치 않아.
황금비	칭찬으로 들을게요. 어쨌든 조건은 같아요. 미지수지를 온전한 상태로 되돌린 뒤, 동시에 교환하는 거예요.
피타고X	좋다. 그렇게 하지.

마침내 피타고X가 거래 조건을 받아들였다. 피타고X가 손짓을 하자 또 다른 부하들이 나타나 미지수지 머리에 덮개를 씌우더니 전선을 연결했다. 미지수지 아바타에 보랏빛이 은은히 감돌았다. 그때 고난도가 황

금비에게 귓속말로 대화를 요청했다.

황금비	왜 그래?
고난도	저들과 미지수지를 교환할 때 어떻게 할 거야?
황금비	동시에 주고받아야지.
고난도	그러니까 그걸 어떻게 할 거냐고?
황금비	서로 배에 태워서…….
고난도	과연 저들이 순순히 우리가 원하는 대로 따를까?
황금비	그거야….
고난도	조금 전에 저들에게 네 협박이 먹힌 건 피타고X가 너클리드를 두려워하기 때문이야.
황금비	그건 나도 알아. 너클리드에게 어떤 비밀이 있는지 모르지만 엄청난 능력자인 건 분명해.
고난도	너클리드가 우리 손에서 멀어지는 순간, 피타고X가 어떻게 나올지는 알 수가 없어.
황금비	그래서, 무슨 계획이라도 있어?
고난도	너랑 피타고X가 정비례 반비례로 나누는 대화를 듣다가 문득 생각이 났어. 나한테 신기한 밧줄이 하나 있거든.
황금비	신기한 밧줄이라니 그게 뭔데?

고난도가 말하는 밧줄은 다음과 같은 성질을 지녔다. 먼저 끝과 끝을

연결하면 단단하게 붙는데, 일단 붙으면 어떤 힘으로도 끊지 못한다. 주요한 특징은 그다음인데 밧줄에 특정한 속성을 넣으면 그 성질을 끝까지 유지하려 한다. 예를 들면 직사각형 속성을 부여하면 밧줄에 어떤 힘이 가해져도 직사각형 형태를 유지하려 한다. 가로와 세로 길이는 달라지지만, 직사각형이란 속성은 바뀌지 않는 것이다. 고난도는 이 밧줄이 지닌 속성을 이용해서 포로 교환에 따르는 위험성을 없애려는 생각이었다.

그 원리는 다음과 같다.

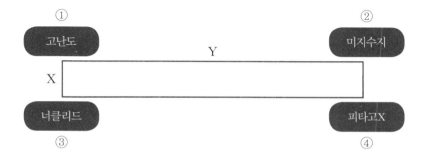

①번이 고난도가 탄 배, ④번이 피타고X가 탄 배다. ①번과 ④번은 대각선 위치다. 연료가 떨어진 ③번 배에 너클리드와 비례요정을 태우고, ②번에 작은 배를 띄워 미지수지가 타게 한다. 그러고서 ①번 배를 위로 이동하면 미지수지가 탄 ②번과 ①번이 가까워지면서 동시에 위협요인인 피타고X와는 자동으로 멀어진다. 왜냐하면 직사각형 전체 둘레는 항상 $2(X+Y)$로 일정한 탓에 가로 길이와 세로 길이가 반비례하기 때문이다. 즉, 가로 길이가 길어지면 세로 길이가 줄어들고, 세로 길이가 길어지면 가로 길이가 줄어든다.

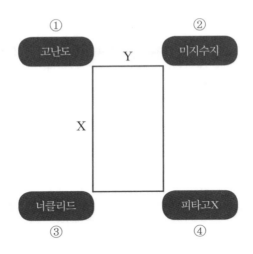

밧줄 길이가 일정하므로 X값을 증가시키면 자동으로 Y값은 줄어든다. 반비례이므로 어느 한쪽이 중간에 다른 꿍꿍이를 쓸 수가 없다. 만약 피타고X가 미지수지를 잡으려고 배를 움직이면 너클리드가 다시 고난도 쪽으로 가까워지기 때문에 피타고X는 자신이 원하는 너클리드를 넘겨받지 못하게 된다.

황금비   넌 이런 괴상한 도구는 도대체 어디서 다 난 거야?

고난도   어쩌다 보니 얻은 1등급 한정판이야. 문제는….

황금비   문제가 뭔데?

고난도   한 번 쓰면 다시는 되돌리지 못한다는 거야. 1등급 한정판인데….

고난도가 엉뚱한 데서 심각하게 굴었기에 황금비는 웃음이 나오려는 걸 억지로 참았다. 어찌 되었든 고난도가 제안한 방법은 위험을 최소화하며 미지수지를 구할 방법이었다. 그 사이에 보라색이 점점 옅어지더니 완전히 사라졌다. 보라색이 사라지자 미지수지가 꿈틀댔다.

피타고X   약속대로 너희 친구에게 통제권을 되돌려주었다.

황금비   확인해야겠어요. 목소리를 듣게 해 줘요.

미지수지는 잠시 혼란스러워하더니 친구들을 발견하고는 세차게 손을 흔들었다.

미지수지   얘들아, 이게 어떻게 된 거야? 이 사람들은 다 뭐야?

황금비   수지야! 괜찮아?

미지수지   조금 혼란스럽기는 하지만 아바타에는 별다른 이상이 없어. 아이템팔찌도 멀쩡하고.

황금비   다행이다. 곧 구해 줄 테니까 침착하게 기다려.

피타고X   원하는 대로 해 줬으니 이제 그자들을 보내라.

황금비   동시 교환을 해야죠.

그러면서 황금비는 조금 전에 고난도가 설명한 방식을 피타고X에게 제안했다. 제안을 다 들은 피타고X는 두 손으로 머리를 쓸어 넘기며 '끙'

하는 신음을 흘렸다.

파타고X   어린 녀석들이…. 뭐든 좋으니 빨리 끝내자.

피타고X는 지쳐 보였다. 피타고X가 동의를 하자 고난도가 밧줄을 꺼냈다. 최대한 길게 밧줄을 늘인 뒤 속성을 직사각형으로 설정했다. 새 배와 연료가 떨어진 배를 두 꼭짓점으로 하여 밧줄이 길쭉한 직사각형 형태로 뻗어나갔다. 길게 늘어선 직사각형은 피타고X가 탄 배까지 늘어났다. 피타고X가 탄 배는 황금비 일행이 탄 배와 정확히 대각선에 위치했다. 밧줄 꼭짓점이 배에 닿자 강력한 연결고리를 만들며 자동으로 붙었다. 이제 배 네 척은 밧줄이 만든 직사각형 꼭짓점과 한 몸이 되었다.

피타고X는 작은 배를 띄우더니 그곳에 미지수지를 태웠다. 황금비 일행도 그에 발맞춰 너클리드와 비례요정을 연료가 떨어진 배에 태웠다. 황금비는 모든 준비가 끝나자 배를 이동시켰다. 일행이 탄 배가 너클리드가 탄 배와 점점 멀어졌다. 그와 동시에 미지수지가 탄 배와는 빠르게 가까워졌다. 피타고X는 배가 움직이는 동안 별다른 조치를 취하지 않았다. 마침내 미지수지가 거의 다 다가왔을 때 황금비가 재빨리 배로 넘어가 미지수지를 데리고 왔다. 같은 시간, 피타고X도 연료가 떨어진 배에 탄 비례요정과 너클리드를 자신들 배에 태웠다.

연산군   무사히 와서 다행이야.

나우스	우리가 얼마나 걱정했다고.
고난도	자, 여기 거울.
미지수지	거울을 잊지 않았구나. 역시 고난도뿐이야. 고마워.

미지수지는 거울을 들더니 재빨리 얼굴을 살폈다.

미지수지	이런, 얼굴이 푸석푸석해. 예쁘게 꾸민 화장이 다 지워졌어.
황금비	빨리 이곳에서 벗어나야 해. 저들이 어떻게 나올지 몰라.
나우스	이 배에는 항구까지 자동으로 돌아가는 항법장치가 있어.
황금비	잘됐다. 빨리 돌아가자.

나우스는 배 조종화면을 켜고 목적지 항구를 표시했다. 그 사이에 고난도는 배에 연결된 밧줄을 끊었다. 그러자 물 위에 떠 있던 밧줄이 물처럼 녹아서 사라져 버렸다. 나우스가 목적지를 입력하고 배를 움직이려는데 피타고X가 탄 배에서 '쾅'하는 굉음과 함께 폭발이 일어났다. 배 위에 있던 너클리드와 비례요정은 자신들을 실었던 배로 뛰어내렸다. 피타고X는 노발대발하며 공격하라는 명령을 내렸다.

피타고X 부하들은 온갖 무기를 꺼내서 너클리드가 탄 배를 겨냥했다. 너클리드는 발목에서 어떤 도구를 꺼내더니 물 위에 집어던졌다. 그러자 바닷물이 하늘로 솟구치며 거대한 장벽을 만들어 냈다. 바닷물 장벽은 쭉 뻗어 나가다가 한 지점에서 수직으로 갈라지며 다시 길게 뻗어

나갔다. 치솟은 바닷물 장벽은 마치 X축과 Y축처럼 바다를 네 구역으로 나누어 버렸다.

1분면에 피타고X가 탄 배가 있었고, 2분면에는 너클리드가 탄 배가 놓였으며, 피타고X와 대각선에 위치한 황금비 일행은 3분면에 위치했다.[44]

피타고X 부하들이 수많은 무기로 너클리드를 공격했지만, 장벽에 막혀 모두 무용지물이 되었다. 화가 난 피타고X는 배를 장벽으로 돌진시켰다. 무기는 장벽에 막혀 무용지물이 되었지만 배는 장벽을 그대로 통과했다. 그러나 피타고X가 탄 배가 장벽을 돌파하자, 2분면에 있던 너클리드 배가 3분면으로 이동했고, 3분면에 있던 황금비 일행은 4분면으로 이동했다.[45]

---

44 좌표평면을 네 영역으로 나누고, 각 영역을 부르는 이름이 사분면이다. 사분면(四分面)은 면을 네 영역으로 쪼갰다는 뜻이다.

	Y축	
2사분면 $(-, +)$		1사분면 $(+, +)$
3사분면 $(-, -)$		4사분면 $(+, -)$

45 좌표평면에서 대칭 이동을 하는 것을 표현한 장면이다. X축을 기준으로 대칭 이동할 때는 x 값은 그대로 두고 y 값의 기호가 반대가 되고, Y축을 기준으로 대칭 이동할 때는 y 값은 그대로 두고 x값의 기호가 반대가 된다. 90°로 회전할 때는 기호뿐 아니라 순서쌍의 (x, y)값도 변하는데 그 변화 규칙은 다음과 같다.
- 90° 반 시계반향 회전 : $P(a, b) \rightarrow P'(-b, a)$
- 90° 시계방향 회전 : $P(a, b) \rightarrow P'(b, -a)$

원점을 기준으로 대칭 이동하면 기호와 숫자 배열이 모두 바뀐다. $P(a, b) \rightarrow P'(-b, -a)$

피타고X가 몇 번이나 장벽을 돌파했지만 매번 똑같은 현상이 벌어졌다. 네 개 영역은 서로를 건드리지 못하는 강력한 장애물이었다. 피타고X는 장애물을 제거하려고 갖은 수를 썼지만 실패했다. 그 사이에 너클리드는 어떻게 했는지 모르지만 연료가 떨어진 배를 그 어떤 배보다 빠른 배로 탈바꿈시켜서 그곳을 벗어나 버렸다. 너클리드가 멀리 도망치는 모습을 보면서 황금비 일행도 그곳을 최대 속도로 벗어났다.

황금비 일행은 좌표평면 장벽을 힘들게 벗어나서 원래 출발지였던 선착장으로 돌아왔다. 배를 타고 오면서 그동안 있었던 이야기들을 간략하게 나누었다. 황금비와 고난도가 그들과 전투를 벌인 이야기가 흥미진진하게 펼쳐지자 미지수지가 감탄을 연발했다. 그러나 안타깝게도 미지수지는 두레채에 도둑이 침입한 뒤에 벌어진 일을 아무것도 기억하지 못했다. 수렴구멍에 빠진 뒤에 벌어진 일도 당연히 기억 못 했다. 아바타 통제권을 상실했으니 당연한 결과였다.

그들은 선착장에 도착한 뒤에 곧바로 메타버스 접속을 끊는 곳으로 이동했다. 지나치게 오래도록 접속했고, 그만큼 지친 상태였다. 그들은 다음 모임 약속을 잡고 메타버스 접속을 끊었다.

황금비 일행이 접속을 끊고 사라지는데, 근처에서 남몰래 지켜보는 아바타가 있었다. 그 아바타는 흰색 반팔 상의에 검은색 반바지를 입고 있었다. 신발조차 걸치지 않는 원시형태 아바타였다. 상의도 작아서 하복부가 다 드러났는데 단단한 복근이 유난히 눈에 띄었다. 그 아바타 이름은 제곱복근이었다.

제곱복근   저 아이들이란 말이지. 아무리 봐도 위험해 보이지는 않는
데….

제곱복근은 혼자 중얼거리더니 무선 전화기가 처음 나왔을 때나 사용했을 법한 오래된 휴대전화를 꺼내서 다른 사람은 들리지 않게 통화를 했다. 통화가 끝나자 제곱복근은 휴대전화를 강물에 던졌고, 물에 닿자마자 휴대전화는 희뿌연 안개가 되어 허공으로 사라졌다.

※ 이야기는 수학탐정단 시리즈 2권(중1-2수학)으로 이어집니다.